·M●S·

Ein Harzer Krimi

Heide Sommer

Berta und Auguste Sandkorn

Personen und Handlung sind frei erfunden. Ähnlichkeiten mit lebenden oder toten Personen sind rein zufällig und nicht beabsichtigt.

Druck: Libri Plureos GmbH, Friedensallee 273,
22763 Hamburg
ISBN 978-3-9824514-8-0
1. Auflage 2025
© Medien Online Service »MOS«

Herrmann Hoffmann e. K.

Gestaltung: Medien Online Service, »MOS«

(Twitter) X: @AugusteBerta
Bluesky: @Berta-und-Auguste.bsky.social

Die Zwillingsschwestern Berta und Auguste verbrachten ihre gesamte Kindheit im Harz. Berta zog als junge Erwachsene nach Hamburg und arbeitete dort als Kommissarin. Auguste blieb im Harz und gab sich dem Familienglück hin. Nachdem ihr Ehemann verstorben und Berta in den Vorruhestand gewechselt war, beschlossen sie, zusammen in das alte Haus ihrer Kindheit zu ziehen. Gemeinsam lösen sie aktuelle Mordfälle im und um den Harz. Das stresst Augustes Schwiegersohn Willi, einen gemütlichen Polizisten, gewaltig. Doch das stört die beiden lebenslustigen Damen überhaupt nicht. Mit großer Freude mischen sie sich in die Angelegenheiten anderer Leute ein und schauen dabei in die dunklen Abgründe menschlicher Seelen.

1

Berta ging in den Navigationsraum und schaute auf den Wetterbildschirm. Es war eindeutig: In den nächsten Stunden erwartete sie mit großer Wahrscheinlichkeit eine schreckliche Wetterkatastrophe mit Tornados, Starkregen und Gewitter. Sie drückte den Warnbutton für alle anderen Anwesenden im Haus und dann hob sie langsam ab. Vorsichtig navigierte sie das Haus hoch in den Himmel Richtung Norden zum nächsten sicheren Stellplatz. Sie schaute aus dem Fenster und sah, dass sie nicht die Einzige war, die das Weite suchte.

Ihr Sohn betrat das Zimmer. »Warum müssen wir den Platz schon wieder verlassen? Ich habe gerade neue Freunde gefunden.« Er weinte bitterlich.

Berta ging in die Hocke und umarmte ihn herzlich. »Es tut mir so leid. Das letzte Mal haben wir bis zur letzten Sekunde gewartet. Weißt du noch?

Und dann holte uns das Unwetter ein. Wir haben es gerade so herausgeschafft.« Berta fühlte so mit ihm. »Wir nehmen Kontakt mit deinen Freunden auf. Sicher finden wir jemanden, der ganz in der Nähe von uns wohnen wird.«

Ihr Sohn schluchzte heftig. Berta kamen ebenfalls die Tränen …

»Berta! Wach auf!«, brüllte Auguste über den Flur. »Es ist schon spät!«

Ruckartig riss Berta die Augen auf. Was habe ich nur für einen Käse geträumt?, dachte sie. Berta hatte weder einen Sohn, noch konnte ihr Haus fliegen. Seitdem ihr Zuhause durch einen kurzen Starkregen überflutet worden war, plagten sie schreckliche Albträume. Zuerst hatte es gar nicht so schlimm ausgesehen. Sie hatten das Wasser wieder weggewischt und gedacht, alles wäre in Ordnung. Doch dann kroch die Feuchtigkeit an den Wänden hoch und somit war klar, dass das Wasser noch im Haus war und sie Hilfe brauchten. Da sie nicht die Einzigen mit einem Hochwasserschaden waren, dauerte es gefühlt eine Ewigkeit, bis sie Firmen fanden, die die Möbel ausräumten, den Boden herausrissen, die Trocknung mit sehr lauten Maschinen vornahmen, neuen Fußboden verlegten, die Wände strichen und alle Möbel wieder einräumten. Es dauerte Monate und brauchte unendlich viel Geduld, bis endlich alles wieder so wohnlich war wie vorher. Obwohl ihr Ortsvorsteher Hochwasserschutzmaßnahmen beschlossen und durchgesetzt hatte, fühlten sie sich nicht sicher.

Letztendlich hatten sie Glück gehabt. Die Möbel hatten keinen Schaden genommen und auch das Haus hatte alles gut überstanden. Aber was wäre, wenn dieser Starkregen über mehrere Tage anhalten würde und ihr altes Haus nicht mehr bewohnbar wäre? Wo sollten sie dann hin? Gab es noch irgendeinen Ort auf dieser Welt, der wirklich sicher war vor diesen extremen Wetterkatastrophen?

»Heute Nachmittag soll es wieder regnen. Wir müssen uns beeilen«, mahnte Auguste beim

Frühstück. Als könnten sie im Fall einer neuen Überflutung die drohenden Wassermassen irgendwie aufhalten … Vorher jedoch wollten sie wie jeden Freitag einkaufen gehen und Augustes Enkelsohn von der Schule abholen. Paulchen übernachtete wie immer von Freitag auf Samstag bei ihnen.

Im Supermarkt teilten sie sich auf. Berta entsorgte das Leergut und Auguste kümmerte sich um die Drogerieartikel. Anschließend wollten sie gemeinsam den restlichen Einkauf erledigen.

Langsam legte Berta eine leere Flasche nach der anderen in den Leergutautomaten und während sie diese eintönige Tätigkeit gleichmäßig ausübte, kam sie nicht umher, einem Gespräch am Nachbarautomaten zu lauschen.

»Muss deine Mutter morgen auf der Kundgebung eine Rede halten?«, fragte ein junger kräftiger Mann genervt seine ebenfalls noch sehr junge Freundin, während er das Leergut in den Automaten schob.

»Du weißt doch, wie sie ist: Wenn sie etwas will, lässt sie sich von niemandem und nichts aufhalten«, antwortete das schlanke Mädchen mit den langen, welligen dunkelblonden Haaren.

»Das ist so peinlich. Wie hat sie es überhaupt geschafft, dass sie dort auftreten darf?«

»Keine Ahnung.«

»Du hast aber auch Pech mit deiner Mutter.«

»Warum sagst du so etwas? Sie möchte die Welt retten vor Umweltkatastrophen, vor Armut und Krieg. Das sind doch gute Absichten«, versuchte das Mädchen nicht sehr überzeugend, ihre Mutter zu verteidigen.

»Glaubst du wirklich, dass deine Mutter, ein Niemand, das schaffen wird?«

»Nein.« Das Mädchen gab endgültig auf.

Offenbar bemerkte der junge Mann nicht ihren Schmerz und so holte er zum nächsten Schlag aus: »Wie kann man in ihrem Alter noch so einen Mist reden?«

Dieser Satz traf Berta als ebenfalls nicht mehr ganz junger Mensch wie ein kleiner Nadelstich.

»Entschuldigung!«, fragte sie frei heraus. »Wo findet die Kundgebung statt?«, und offenbarte damit, dass sie ganz ungeniert zugehört hatte.

Während der junge Mann ruckartig den Flaschenbon aus dem Automaten zog, sich mit dem Einkaufswagen umdrehte und wortlos davonging, antwortete die junge Frau freundlich: »Kommen Sie morgen um 15 Uhr nach Halberstadt zum Holzmarkt.« Dann deutete sie ein Lächeln an und eilte ihrem Freund hinterher.

»Auguste!«, verkündete Berta begeistert. »Wir besuchen morgen eine Kundgebung in Halberstadt!«

»Warum?«, fragte Auguste irritiert. Noch nie in ihrem Leben hatte sie an einer Veranstaltung dieser Art teilgenommen.

Berta erzählte von dem mitgehörten Gespräch und endete mit den Worten: »Das ist es! Wir müssen etwas tun.«

»Sind wir nicht ein bisschen zu alt für Demonstrationen?«, fragte Auguste zweifelnd.

»Solange man sich fortbewegen kann und klar im Kopf ist, ist man für nichts zu alt. Denk doch mal an Paulchen! Wie soll seine Welt in der Zukunft aussehen?« Berta wusste, dass dieses Argument ziehen würde.

Auguste liebte ihr Enkelkind Paulchen über alles. Als hätte sie einen Silberstreifen am Horizont gesehen, streckte sie ihren Rücken gerade und erwiderte: »Du hast recht. Wir müssen etwas unternehmen. Was soll sonst nur aus Paulchen werden?«

Voller Vorfreude auf den nächsten Tag setzten sie ihren Einkauf fort.

»Paulchen! Hier sind wir!«, brüllte Auguste über das gesamte Schulgelände. Paulchen kannte es nicht anders. Er drehte sich um und kam auf sie zu. Er umarmte zuerst Auguste und dann Berta, die ihm beide einen dicken Schmatzer auf die Wange drückten.

»Kommt!«, rief Paulchen. »Wir müssen den Meerschweinchenstall sauber machen.«

Seit ungefähr einem halben Jahr besaß Paulchen drei Meerschweinchen. Sie hießen Coffee, Wollie und Ernst. Besonders der letzte Name ärgerte Auguste. Ihr verstorbener Mann hieß ebenfalls so. Warum hatte Ida Paulchen damals nicht so genannt? Aber letztendlich schluckte Auguste ihre Kränkung herunter. Sie war froh, dass ihre Tochter überhaupt wieder mit ihr redete. Nachdem Ida erfahren hatte, dass der Hamster aus ihrer Kindheit nicht auf das freie Feld geflüchtet war, sondern von Auguste zu ihren Verwandten weggegeben worden war, hatte sie den Kontakt zu ihrer Mutter abgebrochen. Berta meinte, Auguste sollte mindestens vier Wochen warten und sie dann schriftlich um Entschuldigung bitten. Obwohl es Auguste sehr schwerfiel, befolgte sie Bertas Rat.

Idas Leben war vor dem Kauf der possierlichen Tierchen komplett ausgefüllt gewesen. Vormittags ging sie arbeiten, mittags kochte sie und nachmittags kümmerte sie sich um Paulchen, den

Haushalt und den Garten. Als Paulchens Interesse für die scheuen Meerschweinchen nach zwei Wochen nachgelassen hatte, musste sie die Fütterung und die Pflege vollständig übernehmen und das war einfach zu viel. Dankbar nahm sie Augustes Entschuldigung an und übertrug den beiden alten Damen gleich die wöchentliche Säuberung des Meerschweinchenstalls. Die hatten überhaupt keine Lust darauf, akzeptierten es aber als Entschädigung für die kleine Notlüge in der Vergangenheit. Von der ganzen Meerschweinerei mal abgesehen - Ida liebte ihre Mutter und auch Berta. Sie hätte den Kontaktabbruch sowieso nicht lange durchgehalten.

»Ich hab sie!«, rief Berta, bevor ihr die kleine Meerschweinchendame aus den Händen glitt.

Sie verfolgten eine bestimmte Taktik, um die kleinen pelzigen Tiere einzufangen. Zuerst entfernten sie die winzigen Häuschen, damit sie sich nicht verstecken konnten, und dann versuchten sie sie mit bloßen Händen einzufangen. Das Problem war allerdings, dass die kleinen Viecher verdammt schnell rennen konnten.

»Oma, stell dich dorthin und Tante Berta, du bleibst stehen!«, ordnete Paulchen an. Dann hustete er. »Oma Auguste! Geh dahin!«

Auguste zeigte vollen Körpereinsatz, stolperte und landete im Stall. Den Tieren war nichts passiert.

»Bleib liegen!«, befahl Paulchen.

Auguste versuchte, die kleinen Haufen vor ihrer Nase wegzupusten. Da nun ein großer Teil des Stalls ausgefüllt war, ließen sich die Tiere besser einfangen und in der Transportbox verstauen.

»Puh!«, stöhnte Auguste, die weich im vollgepullerten und -geköttelten Streu und Heu lag. Dann stand sie auf.

Paulchen hustete.

»Warte!«, sagte Berta zu Auguste, »Du hast hier noch kleine Haufen.« Berta nahm ein Taschentuch und sammelte sie einzeln ein.

Zuerst entfernten sie mithilfe von Handfeger und Kehrblech grob Streu und Heu. Dann saugten sie mit dem Staubsauger die letzten Reste weg und wischten alles feucht ab. Nun mussten sie zehn Minuten warten, bis alles trocken war. In der Zwischenzeit zerkleinerte Auguste das frische Futter. Paulchen und Berta bedeckten den Boden mit frischem Streu und Heu. Zum Schluss stellten sie alle restlichen Utensilien und die Meerschweinchen wieder hinein.

Während der gesamten Zeit hatte sich eine riesige Staubwolke entwickelt. Paulchen hustete.

»Paulchen«, erzählte Berta im Auto während der Rückfahrt, »wir gehen morgen zu einer Kundgebung. Dort werden Menschen reden, die für eine bessere Zukunft kämpfen.«

»Was soll in der Zukunft besser werden?«, fragte Paulchen.

Berta überlegte. Sie wollte Paulchen nicht mit irgendwelchen allgemeinen Phrasen zuschütten und antwortete: »Das werden wir morgen erfahren. Möchtest du mitkommen?«

Paulchen hatte etwas anderes vor. »Ich treffe mich morgen Nachmittag mit meinen Freunden.«

In Paulchens Alter gab es natürlich nichts Wichtigeres.

Berta und Auguste liebten es, Zeit mit Paulchen zu verbringen. Paulchen hatte mal wieder ein neues Rezept mitgebracht und Auguste erweiterte ihre Speisekarte nur allzu gern. Diesmal gab es flüssige Butter mit Mohrrüben, Kartoffeln und Zwiebeln. Ein wenig Brühe war auch noch dabei. Davon abgesehen, dass es extrem fettig war, schmeckte es sehr gut. Dann spielten sie Brettspiele und schauten am Abend fern. Zwischendurch kontrollierten sie immer wieder, ob der Regen nicht ausuferte.

2

»Ich bin total aufgeregt. Noch nie in meinem Leben war ich auf einer Kundgebung«, sagte Auguste am nächsten Tag im Auto, nachdem sie Paulchen nach Hause gebracht hatten. Sie fühlte sich wie ein kleiner Teil von etwas Großem.

Berta freute sich ebenfalls. Allerdings war sie früher schon öfter bei Veranstaltungen dieser Art gewesen.

Halberstadt befand sich am Rand des Harzes. Sie fuhren durch die Berge und schauten bald tief ins Land hinein auf diese kleine Stadt.

»Schau mal!«, rief Auguste euphorisch und zeigte auf eine Gruppe von Fahrradfahrern. »Die wollen bestimmt auch dorthin.«

»Hm«, antwortete Berta und konzentrierte sich voll und ganz auf die Fahrt durch die schmalen Straßen. Sie parkten direkt in der Innenstadt. Es waren so viele Menschen unterwegs, dass sie letztendlich zu spät kamen.

Auf dem Holzmarkt war gegenüber vom Rathaus eine kleine Bühne aufgebaut, auf der eine blasse kleine Frau mit einer hohen Stirn, einer großen Nase und dünnen dunkelblonden Haaren Ende vierzig stand und eindringlich auf die Zuschauer einredete: »Wann begreifen wir endlich, dass wir eine Welt sind! Wir brauchen nicht nur einen Europarat, sondern auch einen Weltrat, in dem jeder Kontinent vertreten ist. Wir Demokraten müssen jedes Land in unser Boot holen. Die Interessen aller Länder müssen verhandelt werden, immer im Sinne des Gesamtwohles der Menschheit und des Planeten. Wir brauchen internationale Gesetze, die verhindern, dass Diktatoren an die Macht kommen, Kriege entstehen und ein wirtschaftliches Ungleichgewicht entsteht. Wir müssen Länder dazu bewegen, ihre Probleme mit anderen Ländern ausschließlich vor einem Gericht zu lösen. Die Urteile müssen bindend sein für alle Beteiligten. Auf diese Art und Weise werden wir in Zukunft in Frieden leben. …« Und gerade, als Berta und Auguste dachten, dass sie recht hat, ertönte ein lauter Knall. Der Pullover der Frau färbte sich rot und in dem Moment, als sie langsam nach hinten fiel, begriffen alle, dass sie einen Schuss gehört hatten. Panik brach aus. Jeder wollte sich in Sicherheit bringen. Berta drehte sich um und versuchte, einen Blick auf den Täter zu erhaschen. Auguste riss sie nach unten. Und während Berta mit Willi telefonierte, sah sie das Mädchen vom Getränkeautomaten Richtung Bühne rennen.

»Wir müssen da hoch«, brüllte Berta in Augustes Ohr, denn nur so konnte sie sich bei dem panischen Geschrei verständigen.

Mühsam kämpften sie sich vorwärts. Oben angekommen, sahen sie, dass das Mädchen vor ihrer Mutter kniete und den Oberkörper in die Arme genommen hatte.

»Du darfst nicht sterben! Wach auf!«, sagte das Mädchen weinend.

Berta ging zu dem Opfer und versuchte vergeblich, am Arm einen Puls zu fühlen. Gleichzeitig sah sie, dass die Kugel mitten ins Herz gegangen war.

»Sie ist tot. Kommen Sie! Wir müssen hier weg«, sagte Berta zu der Tochter.

»Ich kann sie doch hier nicht liegen lassen!«, schluchzte sie herzzerreißend.

»Doch! Das müssen Sie.«

Sanft nahm Berta ihren Arm. »Hier entlang!« Sie versteckten sich hinter einem Lautsprecher. Inzwischen hatten alle den Marktplatz verlassen. Eine Grabesstille breitete sich aus. Nur das Weinen des Mädchens war zu hören. Für einen Moment schien die Zeit stillzustehen. Erst die lauten Sirenen der Polizeiwagen erinnerten sie daran, dass das Leben weiterging.

»Wie heißen Sie?«, fragte Berta.

»Frida Regena«, antwortete das Mädchen schluchzend.

»Und wie hieß ihre Mutter?«

»Johanna Regena.«

»Wir sind Berta und Auguste«, stellte sich Berta vor. »Wir arbeiten als Privatdetektive. Wir finden den Täter, glauben Sie mir.«

Nachdem Willi und viele andere Polizisten ihre Autos verlassen hatten, kamen Berta, Auguste und Frida hinter dem Lautsprecher hervor und verließen die Bühne.

Willi konnte sich bei dem Anblick seiner Schwiegermutter und ihrer Zwillingsschwester ein leises total genervtes Knurren nicht verkneifen.

»Frida!«, schrie eine Frau von einer Nebenstraße. Aber sie kam nicht weiter, weil die Polizisten dabei waren, den gesamten Platz abzusperren.

»Kennen Sie die Frau?«, fragte Berta.

»Das ist Carolin, die Freundin meiner Mutter.«

»Hallo, Willi«, begrüßten Berta und Auguste freudestrahlend Augustes Schwiegersohn, um seine fortwährend schlechte Laune etwas aufzuhellen.

»Das Opfer heißt Johanna Regena und das ist ihre Tochter, Frida Regena«, fuhr Berta fort.

»Ihr könnt dann gehen«, brummelte Willi, ohne zu grüßen.

Berta wandte sich an Frida: »Wir warten dort drüben.« Dann zeigte sie Richtung Carolin, der Freundin des Opfers.

Schnurstracks gingen sie zu Carolin und stellten sich vor.

»Privatdetektive sind Sie? Das ist gut. Ich bin …« Sie stockte. »Ich wollte sagen, ich war Johannas beste Freundin. Sie ist doch tot, oder?«

»Ja«, bestätigte Berta.

»Das hat sie nun davon.« Carolins Blick ging ins Leere.

»Was meinen Sie?«

»Johanna wollte die Welt retten. Warum konnte sie nicht einfach ein ganz normales Leben führen, so wie alle anderen auch?«

»Waren Sie auch auf dem Marktplatz, als der Schuss fiel?«

»Ja. Ich war so geschockt und bin erst mal davongerannt. Aber nach einer Weile fiel mir ein, dass Frida ja auch irgendwo auf dem Platz sein müsste, und deswegen bin ich wieder zurückgekommen. Mein Gott, das Mädchen ist doch erst achtzehn Jahre alt. Wie konnte Johanna ihr das nur antun?«

»Hat sie einen Vater, der sich um sie kümmern könnte?«, wollte Auguste wissen.

»Johanna und Norbert sind geschieden. Norbert ist inzwischen neu liiert. Ich glaube, es ist besser, wenn Frida erst mal eine Weile bei mir wohnt.«

In der Zwischenzeit hatte Frida alle Fragen einer Polizeibeamtin beantwortet, die sie anschließend zu Carolin, Berta und Auguste brachte.

Carolin nahm sie in den Arm und drückte sie innig. Dabei murmelte sie: »Es tut mir so leid.«

Frida fing wieder an zu weinen.

»Du kannst erst mal bei mir wohnen. Möchtest du?«, fragte Carolin. Frida nickte.

»Wir würden Sie gern nach Hause fahren«, schlug Berta vor.

»Sehr gern!«, antwortete Carolin dankbar, wobei sich ihre Dankbarkeit beim Anblick von Bertas steinaltem Käfer in Skepsis verwandelte. »Passen wir da alle rein?«

»Das ist ein Oldtimer. Der ist innen größer, als er von außen aussieht«, klärte sie Berta auf.

»Ja, wenn das so ist«, antwortete Carolin.

Dann quetschten sich alle in das klapprige Vehikel. Zum Glück mussten sie nicht weit fahren. Carolin wohnte in einem kleinen Einfamilienhaus.

Inzwischen war es schon später Nachmittag. Frida weinte ununterbrochen leise vor sich hin. Es hatte keinen Sinn, sie weiterzubefragen. Berta beschloss, ihre Ermittlungen erst mal abzubrechen.

»Wir würden gern morgen Vormittag wiederkommen. Ist das in Ordnung?«, fragte Berta.

»Machen Sie das! Ich hoffe, Sie finden den Täter«, antwortete Carolin.

»Mein Gott«, schimpfte Auguste später im Auto, »da will endlich mal jemand die Welt für uns alle verbessern und dann wird sie einfach erschossen. Vor allem für die Tochter ist das so grausam.«

»Aber es wollten doch schon viele Menschen die Erde zu einem besseren Ort machen. Es ist nur niemandem gelungen«, entgegnete Berta.

»Das ist aber auch nicht so einfach, acht Milliarden Menschen in eine Richtung zu bewegen.«

»Welche Richtung meinst du denn?«

»Ich meine, in eine friedliche Richtung.«

3

Pünktlich um zehn Uhr standen Berta und Auguste am nächsten Tag vor Carolins Haus. Bevor sie die Klingel drücken konnten, öffnete Carolin die Tür und sagte: »Wir wollen noch ein paar Kleider aus Fridas Wohnung holen. Wollen Sie uns begleiten?«

»Gern. Ist das weit von hier?«, frage Berta.

»Eigentlich nicht. Aber wir fahren wegen der Sachen trotzdem mit meinem Auto.« Carolin warf einen abwertenden Blick auf Bertas alte Klapperkiste. Sie öffnete die Garage und fuhr ihren neuen Mittelklassewagen auf die Straße.

»Ach, ist der gemütlich«, bemerkte Auguste, die nie aufgab zu hoffen, dass Berta endlich ein Einsehen haben und ein neues Auto kaufen würde.

Nach einer kurzen Fahrt erreichten sie die Wohnung. Johanna hatte mit ihrer Tochter in einem Mehrfamilienhaus aus den Dreißigerjahren gewohnt.

Frida öffnete die Wohnungstür und alle schauten auf die am Boden liegenden Sachen.

Das sieht aber unordentlich aus, dachte nicht nur Auguste.

»Hier war jemand drin«, stellte Frida geschockt fest.

»Bleibt draußen! Ich schaue nach, ob der Einbrecher noch da ist«, befahl Berta.

Vorsichtig betrat sie den Flur und schlich leise von Raum zu Raum. Lange brauchte sie nicht dafür, denn Frida hatte in einer sehr kleinen Dreizimmerwohnung mit ihrer Mutter gelebt.

»Die Luft ist rein. Ihr könnt kommen.«

Die Unordnung im Flur setzte sich in jedem Zimmer fort.

»Wir müssen Willi anrufen«, verkündete Berta und nahm ihr Handy.

»Wer ist Willi?«, fragte Carolin.

»Willi ist mein Schwiegersohn und leitender

Kommissar für alle Mordfälle im und um den Harz«, erklärte Auguste stolz.

Berta wandte sich an Frida: »Sind Sie in der Lage, ein paar Fragen zu beantworten?«

Frida hatte immer noch gerötete Augen und antwortete tapfer: »Ich versuche es.«

»Wer hat einen Schlüssel für die Wohnung?«

Frida überlegte kurz. »Nur ich und meine Mutter.«

»Was könnte der Täter gesucht haben?«

»Das weiß ich nicht.«

Carolin nahm ein Kleidungsstück und wollte es zusammenlegen.

»Bitte lassen Sie alles so liegen, wie es ist! Vielleicht findet die Polizei irgendwelche Spuren«, unterbrach sie Berta. Dann wandte sie sich wieder an Frida.

»Können Sie sich umschauen? Fehlt irgendetwas auf den ersten Blick?«

Vorsichtig navigierte Frida um die am Boden liegenden Sachen herum.

»Ich denke, dass alles da ist.«

»Wie hat Ihre Mutter gelebt?«

»Sie hat halbtags als Pflegerin im Altenheim gearbeitet. Nachmittags hat sie an ihren Theorien zur Weltrettung gearbeitet.«

»Hatte sie Erfolg?«

»Nein. Absolut niemand hat sich für ihre Ideen interessiert.«

»Gab es jemanden, der gegen sie war?«

»Fragen Sie lieber, ob es jemanden gab, der für sie war! Carolin war vermutlich der einzige Mensch außer mir, mit dem sie außerhalb ihrer Arbeit redete. Sie war schon ein sonderbarer Mensch.«

»Wie wollte Ihre Mutter die Welt retten?«

»Das kann ich Ihnen nicht so einfach erklären. Meine Mutter hat ihre Theorien auf Videos aufgenommen. Die sind auf dem Computer gespeichert.«

Sie gingen in Johannas Schlafzimmer. Tatsächlich sah das Zimmer eher aus wie ein Jugendzimmer als ein Schlafzimmer für eine erwachsene Person. Neben der Schlafcouch standen Bücherregale und ein Schreibtisch.

»Darf ich die Sachen vom Schreibtisch herunternehmen?«, fragte Frida.

»Warten Sie!«, antwortete Berta. Sie zog sich Gummihandschuhe an und legte die T-Shirts vorsichtig beiseite. Aber darunter war nichts.

»Der Laptop fehlt«, stellte Frida überrascht fest. Sie überlegte kurz. »Zum Glück hat meine Mutter immer Sicherheitskopien gemacht. Warten Sie!« Sie schob die Couch ein wenig beiseite und öffnete die Druckknöpfe des Überzugs der Couch und fasste tief hinein und holte eine externe Festplatte mit einem Kabel heraus.

Carolin wollte mit den Worten »Die nehmen wir mit nach Hause« nach ihr greifen.

Doch Frida zog ihre Hände weg. »Ich möchte, dass Berta und Auguste sie bekommen«, erklärte sie und reichte die Festplatte weiter an die beiden Damen.

Berta zögerte etwas. »Eigentlich müssten wir sie der Polizei geben … Aber egal, die haben ja schon das Handy.« Dann steckte sie die Festplatte in ihre Tasche.

»Können Sie mir bitte die Adressen ihres Freundes, ihres Vaters und der Arbeitsstelle Ihrer Mutter geben?«

Berta holte einen kleinen Schreibblock und einen Stift aus ihrer Tasche. Frida schrieb alles auf. »Warum brauchen Sie die Adresse meines Freundes?«, fragte sie währenddessen.

»Vielleicht hat er Dinge bemerkt, die Sie nicht gesehen haben«, redete sich Berta heraus. In Wirklichkeit gehörte auch er zu den Verdächtigen.

Gerade als Frida fertig war, klingelte es an der Wohnungstür.

»Ich denke, wir sollten uns jetzt verabschieden. Wir laufen zu unserem Auto«, erklärte Berta. Sie öffnete die Tür und direkt vor ihnen stand Willi in ganzer Größe, mit seiner fülligen Körpermasse und zusammengezogenen Augenbrauen.

»Was macht ihr hier?« Nach jedem Wort legte er eine kleine Pause ein. Seine Wut war unüberhörbar.

»Hallo, Willi!«, meinte Berta lächelnd.

»Schön, dich zu sehen!«, sagte Auguste strahlend.

»Übrigens, der Laptop fehlt«, ergänzte Berta.

Willi holte tief Luft und bevor er seiner Wut Ausdruck verleihen konnte, schlichen sich Berta und Auguste schnell an ihm und seinen zahlreichen Kollegen vorbei, was auch nur so gut klappte, weil Berta und Auguste so schlank waren.

»Stopp!«, rief Willi.

Berta und Auguste blieben stehen.

»Wir haben gestern bei dem Opfer weder eine Tasche noch das Handy gefunden. Habt ihr irgendetwas mitgenommen?«

»Willi, so etwas würden wir doch nie machen!«, antwortete Berta mit einer Unschuldsmiene und einem extrem schlechten Gewissen. Schnell verließen sie das Haus.

»Darüber reden wir noch mal!«, brüllte er Berta und Auguste hinterher.

Wortlos gingen sie an den Polizeiautos vorbei.

»Berta, sollten wir ihm nicht doch die Festplatte geben?«

»Falls irgendetwas Relevantes für die Ermittlungen drauf sein sollte, werden wir einen Weg finden, sie ihm auszuhändigen.«

Auguste seufzte erleichtert. Das Letzte, was sie wollten, war, Willi bei seiner Arbeit zu behindern.

Zu Hause angekommen, ging Auguste in die Küche und kochte. Berta ging zum Computer und befestigte die externe Festplatte. Sofort öffnete sich ein Ordner mit mehreren Videos.

»Bitte lass uns die Videos nach dem Essen gemeinsam ansehen!«, brüllte Auguste aus der Küche.

Obwohl es Berta sehr schwerfiel, hielt sie sich zurück. Sie setzte sich in ihren Sessel und ging vor ihrem geistigen Auge noch mal den gestrigen Tag durch. Tatsächlich konnte sie sich beim besten Willen nicht an eine Tasche oder ein Handy erinnern.

»Heute hast du dich mal wieder selbst übertroffen. Es ist so lecker«, lobte Berta ihre Schwester. Es gab Lachs auf einem Blumenkohlbrei und einer Zitronen-Petersilien-Soße.

»Dieses Rezept habe ich in der neuen Kochzeitschrift gefunden, die ich vor Kurzem gekauft habe«, triumphierte Auguste.

Kochzeitschriften waren ein Streitthema bei Berta und Auguste. Diese unzähligen Heftchen nahmen viel Platz im Wohnzimmerschrank ein und Berta meinte, dass Auguste erst mal all diese Rezepte nachkochen sollte, bevor sie sich weitere anschaffte. Auguste fand, dass Berta recht hatte, und konnte sich beim Einkaufen trotzdem nicht zusammenreißen.

»Ich gebe mich geschlagen. Wir kaufen weiter Kochzeitschriften«, gab Berta klein bei.

»Aber nur die wirklich interessanten!«, freute sich Auguste.

Dann war es so weit: Berta und Auguste saßen gespannt vor dem Computer und öffneten das erste Video. Johanna stand unsicher da und fragte: »Kann ich jetzt reden?«

»Ja«, antwortete die Stimme hinter der Kamera.

Berta hielt das Video an. »Sie war nicht allein. Die Stimme klingt wie die von Carolin«, stellte sie fest.

»Mach weiter!«

»Was bringt Menschen dazu, kriminell zu werden? Es ist Armut. Menschen, die genug zu essen, ein schönes Zuhause und einen guten Job haben, werden nicht kriminell. Ich fordere für jeden Menschen auf der Welt ein bedingungsloses Grundeinkommen, eine Unterkunft und die Möglichkeit zu arbeiten. Und wenn mir jetzt einer sagt, dass das nicht wegen der Marktwirtschaft funktioniert, dem antworte ich: Wir fliegen ins Weltall und lassen Fahrzeuge auf dem Mars fahren, dann können wir doch auch, verdammt noch mal, dafür sorgen, dass kein Kind mehr auf der Welt vor Hunger stirbt, und trotzdem eine funktionierende Weltwirtschaft haben!«

Das erste Video war zu Ende. Berta und Auguste schwiegen eine Weile und dachten nach.

»Ja«, sagte Berta ratlos.

»Hm«, meinte Auguste. »Wenn alle Menschen jeden Monat Geld vom Staat bekommen, geht dann noch jemand arbeiten?«

»Aber rein theoretisch könnte doch jeder Bürgergeld bekommen. Trotzdem gehen die meisten Menschen arbeiten. Wenn man nur so viel Geld bekommen würde, dass es für Unterkunft und Essen reicht ohne irgendwelche Luxusartikel, könnte es klappen.«

»Aber wer soll das bezahlen?«, überlegte Auguste.

In diesem Augenblick klingelte das Telefon.

Ida war am Apparat. »Könnt ihr bitte morgen vormittag mit Wollie zum Tierarzt fahren? Sie kratzt sich ununterbrochen. Das muss einen Grund haben.«

Eigentlich wollte Auguste nichts mit den Meerschweinchen zu tun haben. Auf der anderen Seite wollte sie Ida immer dabei helfen, ihren arbeitsreichen Alltag zu bewältigen. Also antwortete sie: »Machen wir! Wann sollen wir kommen?«

»Ich rufe morgen früh den Tierarzt an und melde mich anschließend.«

»In Ordnung. Wir warten auf deinen Anruf.«

Dann verabschiedeten sie sich.

Auguste wandte sich an Berta: »Was hattest du morgen vor?«

Ida rief am nächsten Morgen sehr früh an. Zum Glück hatte sie auch sehr zeitig einen Termin beim Tierarzt vereinbaren können.

So fuhren Berta und Auguste zuerst zu Ida, um die Meerschweinchen abzuholen. Ida hatte die kleinen Fellknäuel schon in der Transportbox zusammen mit geschnittener Paprika und Heu verstaut.

»Warum nehmen wir alle drei mit zum Tierarzt?«, erkundigte sich Auguste.

»Sicher ist sicher. Falls die beiden anderen auch etwas haben, müssen wir nicht noch mal hinfahren.«

Das sahen Berta und Auguste ein.

»Ihr werdet eine Weile warten müssen. Sie haben eigentlich keinen Termin frei und haben euch dazwischengeschoben.«

»Na, so voll kann das doch am Montagvormittag nicht sein«, winkte Auguste ab.

Kurz bevor sie das Haus verlassen wollten, drehte sich Ida noch mal um: »Wisst ihr, warum Willi im Moment mal wieder so extrem schlechte Laune hat?«

»In Halberstadt wurde eine Frau auf einer Bühne erschossen. Du weißt ja, wie ihn jeder Mord stresst.«

»Ach, der Arme! Warum hat er mir nichts erzählt? Ich werde heute Abend etwas Schönes kochen. Vielleicht hilft es ihm zu entspannen. Könnt ihr bitte schnell die Tat aufklären?«

»Wir geben unser Bestes«, versicherte Berta.

Mit der Transportbox im Kofferraum fuhren Berta und Auguste zur Praxis des Tierarztes. Berta und Auguste trauten ihren Augen kaum. Der Parkplatz vor dem Haus war voll. Langsam fuhr Berta an jedem einzelnen Auto vorbei und entdeckte tatsächlich am Ende einen sehr schmalen freien Platz zwischen zwei dicken SUVs.

»Den nehmen wir.« Geschickt lenkte Berta ihr kleines Vehikel hinein. »Siehst du!«, meinte sie zu

Auguste. »Das ist der Vorteil von unserem wunderschönen Oldtimer.« Sie konnten kaum die Türen öffnen und quälten sich mühevoll heraus.

Viele Hundebesitzer saßen mit ihren Vierbeinern draußen auf den Bänken und warteten darauf, dass sie reingerufen wurden. Drinnen hatte sich vor dem Tresen eine lange Schlange gebildet.

»Das kann ja ewig dauern«, resignierte Berta.

Auguste überlegte eine Weile. Dann sagte sie: »Fahr doch schon mal nach Halberstadt! Wenn ich hier fertig bin, rufe ich dich an.«

»Das ist eine gute Idee«, meinte Berta.

Während sich Berta auf den Weg machte, wartete Auguste, bis sie dran war, füllte alle Formulare für Neupatienten aus, suchte sich einen Platz und schaute sich um. Neben ihr saßen überwiegend ältere Menschen mit ihren Katzen oder Hunden. Bei einer jüngeren Frau saß ein kleiner Welpe auf dem Schoß. Ist der süß! freute sich Auguste und gleichzeitig wunderte sie sich, warum so ein kleiner Hund schon zum Tierarzt musste.

Die junge Frau wurde von einer Sprechstundenhilfe aufgerufen. Mit ihrem Welpen auf dem Arm ging sie in das Behandlungszimmer. »Sie kommen zur Vorsorgeuntersuchung?«, fragte die Sprechstundenhilfe, bevor sie die Tür schloss.

Das ist ja wie bei einem Kleinkind, dachte Auguste erstaunt. Sie hatte außer Idas Hamster für ein paar Wochen nie in ihrem Leben ein Tier besessen. Es hatte sich einfach nicht ergeben.

Dann entdeckte Auguste ein Plakat an der Wand. »Läuft Ihr Hund nachts herum?«, stand dort drauf. Auguste litt auch gelegentlich unter Schlafstörungen. Die Tiere sind uns doch sehr ähnlich, stellte Auguste erstaunt fest.

Berta fuhr direkt weiter zum Altenheim, in dem Fridas Mutter gearbeitet hatte. Sie betrat das Gebäude und schaute sich um. Die Türen der Zimmer waren alle geschlossen. Berta beschloss, durch das Treppenhaus eine Etage nach oben zu gehen. Tatsächlich traf sie dort eine Pflegekraft.

»Entschuldigen Sie«, sagte Berta, »ich bin Privatdetektivin und versuche, den Mörder ihrer Kollegin Johanna zu finden.«

»Privatdetektivin? So etwas gibt es noch?«, fragte die Frau ungläubig.

»Wie Sie sehen …«

»Bei uns brauchen Sie nicht weiter nachforschen. Sie war zwar etwas sonderbar, aber hier macht jeder seine Arbeit und gut ist.«

»Hat sie auch mal über ihr Zukunftsbild gesprochen?«

»Zukunftsbild nennen Sie das?« Die Frau schüttelte den Kopf. »Nachdem sie bei uns angefangen hatte, redete sie ab und zu mal über ihre Freizeitbeschäftigung. Aber es hörte ihr keiner zu. Es hat doch jeder seine eigenen Sorgen. Finden Sie nicht?«

In diesem Augenblick öffnete sich eine Tür und eine dunkelhaarige wunderschöne, schlanke Frau verließ den Raum. Berta musste sofort an den Karneval in Rio de Janeiro denken.

»Falls Sie Fragen haben, dort hinten ist das Büro unseres Chefs«, fuhr die Mitarbeiterin fort.

Berta bedankte sich und ging zu der Tür und klopfte. Niemand bat sie herein. Vorsichtig drückte sie die Klinke herunter. Leider war der Raum verschlossen. Hilflos drehte sie sich zu der Pflegekraft um, die auf sie gewartet hatte.

»Er ist wohl gerade außer Haus«, rief sie Berta zu.

»Dann komme ich später noch mal wieder.« Langsam ging Berta Richtung Ausgang in der Hoffnung, noch weitere Mitarbeiter zu finden. Tatsächlich betrat die erste Pflegerin ein Zimmer und die dunkelhaarige Schönheit war nun allein und räumte das Geschirr von einem Servierwagen ab.

Berta stellte sich vor.

»Nett, Sie kennenzulernen. Ich heiße Carmen. Es tut mir wirklich leid um Johanna. Sie war ein lieber Mensch. Ich mochte sie sehr.« Sie holte ein Taschentuch heraus und wischte sich eine Träne weg. »Aber ich kann Ihnen nicht helfen.«

»Hatte sie vielleicht Streit mit irgendjemandem?« Berta gab nicht auf.

Dieses nachfolgende »Nein. Es war alles in Ordnung« kam Berta eine Spur zu schnell. Aus diesem Grund fragte sie noch mal nach: »Sind Sie sicher?«

»Jaja« antwortete sie wieder hastig, um sich dann wegzudrehen. »Entschuldigung, ich muss wieder arbeiten.« Sie schob den leeren Servierwagen zum nächsten Zimmer.

Berta beschloss, nach unten zu gehen in der Hoffnung, dort mehr zu erfahren. Unterwegs traf sie auf eine weitere Pflegekraft.

»Hören Sie mal! Sie können hier nicht einfach herumlaufen, behaupten, dass sie Privatdetektiv sind, und die Leute ausfragen«, schimpfte die Frau.

»Wollen Sie nicht wissen, wer Johanna Regena umgebracht hat?«, fragte Berta leicht gereizt.

»Dafür ist immer noch die Polizei zuständig.«

»Ja, wenn Sie meinen!« Enttäuscht verließ Berta das Gebäude. Sie beschloss, zurück zu Auguste zu fahren.

»Ja«, meinte die Tierärztin. »Ihre kleine Wollie hat Mitbewohner. Wollen Sie mal sehen?«

Auguste ging zum Behandlungstisch.

Die Tierärztin schob Wollies Fell am Nacken beiseite und Auguste sah, wie sich munter krabbelnde Kleinstlebewesen in dem dichten Fell tummelten. »Und nun?«, fragte sie.

»Wir verschreiben Ihnen eine Tinktur, die Sie bitte dreimal am Tag auf den Nacken tröpfeln. Nach zwei Wochen dürfte sich das Problem erledigt haben.«

Zum Glück waren die beiden anderen Meerschweinchen verschont geblieben. Während die Sprechstundenhilfe die Tiere wieder in die Transportbox beförderte, klapperte die Tierärztin auf der Tastatur ihres Rechners.

»Vorn an der Rezeption erhalten Sie die Medikamente«, erklärte die Ärztin.

Auguste nahm die Transportbox und verließ den Behandlungsraum und stellte sich wieder hinter der Schlange vor der Rezeption an, um die Medikamente zu kaufen.

Gerade als sie alles in ihrer Tasche verstaut hatte, betrat Berta den Raum.

»Berta!«, rief Auguste. »Ich wollte dich gerade anrufen. Schön, dass du schon da bist.«

Während sie zum Auto gingen, erzählte Berta von ihren Erlebnissen und endete mit den Worten: »Wir müssen uns etwas einfallen lassen. Da stimmt irgendetwas nicht.«

Ida, Paulchen, Berta und Auguste erreichten fast zur selben Zeit Idas Haus.

»Der Besuch beim Tierarzt hat aber ganz schön lange gedauert. Wollt ihr zum Essen bleiben? Heute koche ich Spaghetti mit Pesto«, schlug sie vor.

Berta und Auguste nahmen Idas Angebot sehr gern an. Vorher erklärte ihnen Auguste noch die Anwendung des Medikaments.

»Ich verstehe nicht, wie das passieren konnte. Wir machen doch regelmäßig sauber«, klagte Ida.

Berta hörte nicht zu. Sie überlegte, wie sie an Informationen über Johannas Arbeit im Altenheim kommen könnte. Eigentlich gab es nur einen Weg.

Berta und Auguste blieben den gesamten Nachmittag bei Ida und Paulchen. Sie aßen zu Mittag und Berta machte mit Paulchen Hausaufgaben. Später schauten sie den Meerschweinchen zu.

Willi war nicht gerade begeistert, als er am späten Nachmittag seine Schwiegermutter und ihre Zwillingsschwester zu Hause antraf. Er ging sofort ins Wohnzimmer und machte den Fernseher an. Berta ging ungefragt hinterher.

»Hör mal, Willi!«, Berta kam ohne Umschweife direkt zur Sache. »Ich möchte Auguste ins Altenheim schleusen. Da stimmt irgendetwas nicht. Oder siehst du das anders?«

Willi atmete tief ein und aus. Er befand sich in einer Zwickmühle. Berta hatte recht. Die Mitarbeiter waren sehr wortkarg und hielten zusammen wie Pech und Schwefel. Auf der anderen Seite hätte er lieber auf die Hilfe von Berta und Auguste verzichtet.

Die Antwort fiel ihm sehr schwer: »Macht das! Aber ich weiß von nichts.« Irgendwie fühlte er sich doch erleichtert.

»Stell dir vor: Willi hat uns grünes Licht gegeben. Du kannst im Altenheim anfangen«, rief Berta begeistert während der Rückfahrt.

»Ich soll was machen?«, fragte Auguste ungläubig.

»Ja, irgendeiner von uns beiden muss doch lernen, wie man uns später pflegt«, scherzte Berta. Dann erklärte sie ihr genau, wie sie sich während der Arbeit verhalten sollte.

Am Abend schauten sie sich das nächste Video des Opfers an.

»Nun kommen wir zu der wichtigsten Frage: Wie soll ein bedingungsloses Grundeinkommen und der Rest finanziert werden? Ganz einfach: indem wir digitales Geld schaffen ohne Gegenwert, das nur für bestimmte Sachen verwendet wird: Aufbau der Weltwirtschaft, Umwelt, bedingungsloses Grundeinkommen, Bildung, Gesundheit und Kultur. Ohne künstliches Geld

werden wir nie einen Wandel erreichen! Natürlich gehören auch die Finanzierung und Verteilung von Verhütungsmitteln dazu, um der Überbevölkerung Herr zu werden. Da das Geld digital ist und bleibt, muss es jederzeit kontrollierbar bleiben.«

»Es gab schon viele Menschen, die für ein bedingungsloses Grundeinkommen warben. Wenn wir Menschen uns um jeden einzelnen Menschen und um den Rest der Welt kümmern würden, könnte es menschlicher nicht sein«, meinte Berta.

»Du vergisst das Böse auf der Welt. Es gibt genug habgierige Menschen, die das für ihren eigenen Wohlstand ausnutzen würden. Ich würde mir übrigens mein eigenes Auto zusammensparen, um nicht ewig mit deiner alten Klapperkiste mitfahren zu müssen«, erwiderte Auguste.

»Man muss es eben nur richtig organisieren, damit es nicht zu einem Missbrauch kommt«, beharrte Berta auf ihrer Meinung und ignorierte gleichzeitig Augustes Wunsch nach ihrem eigenen Auto.

5

Berta und Auguste trugen am liebsten Faltenröcke, Strickjacken und Blusen. Ihre Eltern hatten sie bereits als Kinder so gekleidet. Heute jedoch musste Auguste eine Jeanshose anziehen und ein T-Shirt. »Damit du nicht so auffällst«, erklärte Berta. Sie waren schon früh aufgestanden, damit Auguste noch am selben Tag mit der Arbeit anfangen konnte. Gleich nach dem Frühstück fuhren sie los.

»Am liebsten würde ich im Pflegeheim arbeiten. Aber dummerweise haben sie mich gestern schon gesehen. Falls irgendetwas sein sollte, schreib mir sofort eine Nachricht.« Ein bisschen machte sich Berta schon Sorgen um Auguste.

»Glaubst du, dass der Mörder dort arbeitet?«

»Du musst dich nur bemühen, Informationen zu bekommen! Den Rest mache ich … oder auch Willi. Sei vorsichtig!« Berta konnte nicht aufhören, Auguste zu ermahnen.

»Vielleicht bist du ja auf dem Holzweg und alles ist in Ordnung«, versuchte Auguste, Berta zu beruhigen.

»Dieses Mal hoffe ich, dass du recht hast.«

Während der gesamten Fahrt wiederholte Berta sämtliche Anweisungen und als sie ankamen, parkte sie weit genug weg.

»Den Rest musst du laufen.« Berta erklärte ihr ganz genau den Weg. »Ich warte hier auf dich. Schreib mir, wenn ich dich abholen soll.«

»Mein Mann ist vor Kurzem gestorben«, erklärte Auguste dem Leiter des Altenheims. Dabei tat sie so, als würde sie sich eine Träne verdrücken. »Ich habe ihn jahrelang gepflegt und konnte nicht arbeiten gehen. Nun suche ich dringend einen Halbtagsjob als Hilfspflegekraft, weil ich Geld verdienen muss«, schluchzte Auguste und dachte gleichzeitig, dass wohl eine Schauspielerin an ihr verloren gegangen sei.

»Was für ein Segen!«, erwiderte Herr Sonderbier. »Bei uns ist gerade eine Stelle frei geworden. Wann können Sie anfangen?«

»Gleich, wenn es möglich ist.«

»Ich sage Frau Korry Bescheid. Sie zeigt Ihnen alles.« Er griff zum Telefonhörer und gleichzeitig hörte Auguste im Flur das Klingeln.

Nachdem Auguste Berta signalisiert hatte, dass sie bleiben würde, fuhr Berta zu Maximilian, Fridas Freund. Sie hatte Glück. Seine Eltern waren nicht zu Hause und er machte sich gerade auf den Weg zur Schule.

»Darf ich Sie begleiten?«, fragte Berta.

»Wenn es sein muss …«, erwiderte er etwas genervt. Dabei lief er mit großen, schnellen Schritten voran, sodass Berta Schwierigkeiten hatte, hinterherzukommen.

»Ich versuche, den Mörder der Mutter Ihrer Freundin zu finden. Also ja, es muss sein.«

»Warum machen Sie das? Es reicht doch, wenn sich die Polizei darum kümmert.«

»Das ist mein Leben. Früher habe ich als Kriminalkommissarin in Hamburg gearbeitet. Jetzt bin ich im Vorruhestand und möchte nicht damit aufhören. Ich liebe den Job.«

Die Tatsache, dass Berta vom Fach war, beeindruckte und besänftige Maximilian.

»Na gut, was wollen Sie wissen?«

»Was hat Sie am meisten an Johanna Regena gestört?«

»Frida hatte früher ein ganz normales Leben. Ihre Eltern arbeiteten beide als Lehrer, sie wohnten in einem kleinen Einfamilienhaus und die Welt war in Ordnung. Doch dann tickte ihre Mutter so aus und stellte diese Weltrettungstheorien auf. Sie verlor alles: ihren Job, ihren Mann, ihr Haus und wofür? Sie hätte doch sowieso nichts erreicht! Oder glauben Sie, dass eine Hilfspflegekraft die Welt retten kann?«

»Es sind immer einzelne Menschen, die in der Geschichte etwas bewegen. Denken Sie doch mal an Martin Luther King!« rief Berta leidenschaftlich. »Er konnte Menschen überzeugen, mit ihm zusammen gewaltfrei gegen Unterdrückung und soziale Ungerechtigkeit zu kämpfen.

Er hat es geschafft, dass die Rassentrennung in den USA gesetzlich aufgehoben und das uneingeschränkte Wahlrecht für die schwarze Bevölkerung der US-Südstaaten eingeführt wurde. Ich weiß nicht, wie weit Johanna Regena es noch gebracht hätte. Immerhin stand sie schon auf einer Bühne. Haben Sie sie sehr gehasst?«

Maximilian blieb stehen. »Ich habe sie nicht umgebracht und auch nicht gehasst.« Dann ging er weiter. »Ich denke eher an Frida. Sie war auf einmal die Tochter von einer - ich sage mal - Bekloppten. Verstehen Sie? Das ist nicht einfach für sie.«

Berta verstand es nicht. Also änderte sie ihre Fragen. »Wem trauen Sie diesen Mord zu? Mit wem hatte sie Streit?«

Maximilian dachte eine Weile nach. »So gut kannte ich Fridas Mutter nicht. Fragen Sie ihre Freundin. Die weiß bestimmt mehr.«

»Meinen Sie Carolin?«

»Ja.«

»Waren Sie auch auf der Kundgebung?«

»Nein. Ich saß zu Hause am Rechner und habe gespielt. Meine Eltern können das bestätigen.«

Das ist kein sehr starkes Alibi, dachte Berta und beließ es erst mal dabei.

Inzwischen waren sie an der Schule angekommen und Berta verabschiedete sich. Sie drehte sich um und stellte fest, dass sie die ganze Zeit nicht auf den Weg geachtet hatte. »Wo muss ich jetzt lang?«, murmelte sie vor sich hin. Maximilian war schon im Schulgebäude verschwunden.

»Ich heiße Roswita Korry. Du kannst Roswita zu mir sagen«, stellte die Pflegerin sich vor. Sie gingen durch das ganze Gebäude.

»Wir teilen uns die Pflegenden auf. Du wirst dich um fünf kümmern. Es gibt einen Plan, wer welche Leistung erhält. Heute machen wir alles gemeinsam. Ab morgen wirst du sie allein betreuen. Sie sind angezogen und haben gefrühstückt. Wir müssen jetzt abräumen.« Roswita holte einen Servierwagen und dann ging es los. Nach dem Frühstück fuhren sie einzelne Bewohner

mit dem Rollstuhl zur Physiotherapie und berei-
teten das Mittagessen vor. Manche mussten ge-
füttert werden. Überall wurde Auguste als neue
Pflegehilfskraft vorgestellt. Als sie gegen Mittag
das Gebäude verließ, war sie doch sehr erschöpft.

»Hast du etwas herausgefunden?«, fragte Berta
ungeduldig.

»Ich habe heute die ganze Zeit mit einer Kollegin zusammengearbeitet. Es war einfach ungünstig, Fragen zu stellen. Wie sieht es bei dir
aus?«

Berta schüttelte den Kopf: »Mein Vormittag
war auch nicht sehr ergiebig. Ich habe die meiste
Zeit mein Auto gesucht.«

Unzufrieden fuhren sie nach Hause. Nach dem
Essen schauten sie sich das nächste Video an.

*»Wie schaffen wir überall auf der Welt gleiche
Lebensbedingungen? Neben dem bedingungslo-
sen Grundeinkommen müssen wir es bewerk-
stelligen, die Produktion von Gütern überall
auf der Welt zu verteilen. Jeder Mensch auf der*

Welt sollte die Möglichkeit haben zu arbeiten, um sich so Luxusgüter zu erwerben. Weiterhin müssen wir ein Gleichgewicht schaffen zwischen dem Import und Export von Gütern. Produkte, die das Land selbst herstellen kann, dürfen nicht importiert werden, um den Wettbewerb innerhalb des Landes nicht zu gefährden. Ich denke da vor allem an die Lebensmittelindustrie. Warum soll man Mohrrüben importieren, wenn die Bauern des Landes auch selbst welche anbauen können? Was würden wir an umweltschädlichem Transport sparen! Es muss mehr nachgedacht und organisiert werden zusammen mit den betroffenen Landwirten.«

»Würde das alles nicht wieder zu sozialistischer Planwirtschaft führen?«, zweifelte Auguste.

»Warum hat das Wort Planung so einen negativen Touch in der heutigen Zeit? Wir können doch nicht alles so lassen, wie es ist! Wäre es denn wirklich besser, in eine ungeplante Umweltkatastrophe zu schlittern? Eigentlich bleibt uns doch gar nichts anderes übrig, als unsere Zukunft bewusst zu planen, um unseren Aufenthalt, der sowieso begrenzt ist auf dieser Welt, zu verlängern«, wetterte Berta.

»Glaubst du an einen Weltuntergang?«

»Keiner weiß, wie sich die Erderwärmung auf unser Leben auswirken wird. Davon abgesehen: Auch Planeten sterben irgendwann. Doch das wird sicher noch viele Millionen Jahre dauern.«

6

Am nächsten Morgen mussten Berta und Auguste sehr zeitig aufstehen. Nachdem Berta Auguste in der Nähe des Altenheimes abgesetzt hatte, fuhr sie direkt weiter zu Carolin. Sie wartete, bis die Rollladen nach oben gingen, und dann klingelte sie.

»Guten Morgen. Ich habe noch einige Fragen.« Berta lächelte freundlich.

Carolin schaute auf die Uhr. »Zu dieser frühen Stunde kreuzen sie hier auf? Haben Sie Schlafprobleme?« Sie zögerte einen Augenblick. »Na gut, kommen Sie rein! Ich bin heute auch früh aufgestanden.« Sie führte Berta ins Wohnzimmer und ging anschließend in die Küche, um Kaffee zu kochen.

»Wo haben Sie Johanna Regena kennengelernt?«, begann Berta, ihr Fragen zu stellen, als sie saßen.

»Ich arbeite in einer Werbeagentur und gelegentlich haben wir kleine Aufträge von der Schule, in der Johanna früher gearbeitet hatte, entgegengenommen. Wir haben uns auf Anhieb gut verstanden und uns irgendwann privat getroffen.«

»Wissen Sie, warum sie ihren Job als Lehrerin aufgegeben hat?«

»Sie wurde gefeuert.«

»Und warum?«

»Sie arbeitete damals als Geschichtslehrerin einer fünften Klasse und erzählte den Kindern von ihrer Meinung über religiösen Fanatismus. Johanna konnte sehr leidenschaftlich argumentieren. Die christlichen und die muslimischen Kinder wollten zu Hause nicht mehr beten und die muslimischen Kinder sogar Schweinefleisch essen. Sie können sich bestimmt vorstellen, wie die Eltern darauf reagiert haben. Es gab einen riesigen Skandal und Johanna musste die Schule verlassen.«

»Haben Sie die Videos, in denen sie über ihr Zukunftsbild redet, aufgenommen?«

»Ja. Sie wollte, dass ich sie in allen Medien verbreite.«

»Und haben Sie es?«

»Dazu ist es nicht mehr gekommen.«

Berta trank ihren Kaffee. Sie sah, dass es in Carolin arbeitete.

»Und wissen Sie, ich hätte es wahrscheinlich auch nicht getan«, platzte es plötzlich aus ihr heraus.

»Warum nicht?«

»Wenn sie eine anerkannte Wissenschaftlerin wäre oder eine berühmte Philosophin, würde das alles einen Sinn ergeben.« Sie schaute Berta nach Zustimmung suchend an. »Außerdem hätte sie doch mal an ihre Tochter denken müssen«, fuhr sie fort. »Langsam tuschelte man im Ort: Frida sei die Tochter einer Bekloppten. Verstehen Sie?«

Berta seufzte: »Sollten wir nicht alle versuchen, die Welt zu verbessern?«

Carolin lehnte sich zurück und meinte: »Das probieren viele auf ihre Art und Weise. Leider kommt nicht immer etwas Gutes dabei heraus.«

»Wo standen Sie während der Kundgebung?«, wollte Berta wissen.

Erschrocken schaute Carolin Berta an. »Nein, nein, nein! Sie glauben doch nicht, dass ich Johanna umgebracht habe?«

Berta blieb ganz ruhig. »So etwas muss ich doch fragen.«

»Johanna und ich sind gemeinsam zur Kundgebung gelaufen. Sie ging dann irgendwann auf die Bühne, lange bevor sie redete. Ich stand links, so ungefähr in der vierten Reihe, und schaute ihr zu.«

»Kann das jemand bestätigen?«

Carolin überlegte: »Ich weiß nicht, wer neben, vor mir oder hinter mir stand. Ich habe mich die gesamte Zeit auf Johanna konzentriert.«

»Hatte sie eine Tasche dabei?«

»Das hat mich der knurrige Kommissar auch schon gefragt. Wenn ich mich recht erinnere, hat sie die Tasche mit hoch genommen. Aber während ihrer Rede war keine zu sehen.«

»Wer stand noch alles auf der Bühne?«

»Vertreter der Politik und der Gewerkschaft. Der Schwiegersohn Ihrer Schwester befasst sich vermutlich gerade damit.«

»Wie war eigentlich Johannas Verhältnis zu ihrem Ehemann?«

»Am Anfang ihrer Beziehung muss es wohl sehr schön gewesen sein, so wie es wohl meistens ist. Aber mit der Geburt der Tochter änderte sich alles. Die Fragen ihres Kindes über die Welt brachten sie dazu, über vieles nachzudenken, und das veränderte sie, aber nicht Norbert. Er hätte lieber die Leichtigkeit des Seins weitergenossen. Der Versuch, die Welt zu verbessern, kostete Zeit und Norbert ging diesen Weg nicht mit ihr. Irgendwann lernte er eine andere Frau kennen und seitdem lebt er mit der Neuen sein altes Leben.«

»Welchen Beruf übt ihr Mann aus?«

»Er arbeitet als Lehrer, genau wie Johanna früher.«

»Arbeitet er in derselben Schule wie Johanna?«

»Nein. Das wollte Johanna nicht.«

»Hat sie mit Ihnen über ihre Arbeit im Pflegeheim geredet?«

»Ganz ehrlich: Ich wollte nichts darüber hören. Das Ende des Lebens ist doch meistens ein trauriges Kapitel. Es reicht doch, wenn ich irgendwann mein eigenes erlebe.«

»Wie sah es mit Johannas Kollegen aus? Gab es vielleicht Streit oder andere Spannungen?«

»Johanna meinte, dass alle sehr nett waren. Sie konnte es verstehen, dass sich niemand für ihre Zukunftsvisionen interessierte. Die Arbeit war einfach zu anstrengend, um sich anschließend noch mit etwas anderem zu beschäftigen.«

»Sie hatte also mit niemandem Streit?«

»Nicht, dass ich wüsste.«

»Wo war Frida am Tag des Verbrechens?«

»Frida war mit ihrer Freundin unterwegs. Ich sah sie nur von Weitem.«

Auguste saß mit ihren Kolleginnen beim Frühstück in einem kleinen Raum mit Glaswänden, sodass sie alles im Blick behalten konnten. Auguste hörte aufmerksam zu und hoffte, dass das Gespräch auf Johanna kommen würde. Doch die Themen beschränkten sich auf den Alltag nach der Arbeit.

Also eröffnete Auguste die Schlacht: »Ich habe gehört, dass die Frau, die auf dem Markplatz erschossen wurde, hier gearbeitet hat?« Dabei hob sie ihre Kaffeetasse und schlürfte einen Schluck, damit es so aussah, als wäre es ihr eigentlich egal.

Alle schwiegen und schienen zu überlegen, was sie darauf antworten könnten. Letztendlich sagte Roswita: »Wir haben nichts mit der Sache zu tun. Sie arbeitete genau wie wir hier und mehr gibt es darüber nicht zu sagen.«

Auguste wollte noch ein wenig weiter bohren, als eine Kollegin laut rief: »Ach, der Herr Müller kommt seine Mutter besuchen!«

Carmen stand auf und ging in die Küche.

»Ich wünsche den lieben Damen einen wunderschönen guten Morgen!«, grüßte der kleine kahlköpfige, kräftige Mann in den Fünfzigern, nachdem er den Raum betreten hatte.

»Guten Morgen, Herr Müller!«, antworteten alle im Chor mit wesentlich weniger Elan.

Roswita fügte noch hinzu: »Ihre Mutter muss gleich zur Physiotherapie.«

»Ich bleibe nicht lange«, antworte Herr Müller und setzte seinen Weg in Richtung der hinteren Zimmer fort.

Was für ein sympathischer Mann!, dachte Auguste.

Sie beendeten ihr Frühstück und räumten den Tisch ab.

Auguste musste sich um drei Frauen und zwei Männer kümmern. Zuerst betrat sie das Zimmer von Herrn Bodensatz.

»Ach, da ist ja wieder die schöne Auguste!«, freute sich Herr Bodensatz.

»Oh«, antwortete Auguste beeindruckt. »Sie haben sich meinen Namen gemerkt.« Herr Bodensatz war einhundert Jahre alt, klein und drahtig, aber im Kopf fit wie ein Turnschuh.

»Wenn ich dreißig Jahre jünger wäre, würde ich sie zum Tanzen ausführen.«

Auguste wusste, dass das ein Scherz war. »Das hätte mir so viel Spaß gemacht, Herr Bodensatz.«

Herr Bodensatz freute sich.

»Sagen Sie«, begann Auguste ihre Mission, »wären Sie auch mit Johanna tanzen gegangen?«

»Aber natürlich! Das ist doch eine ganz Liebe. Stellen Sie sich vor: Sie möchte die Welt retten und ich habe ihr gesagt, wie es geht. Als junger Mann habe ich gegen die Faschisten gekämpft …«

Während Herr Bodensatz von seinen Streichen als junger Kommunist erzählte, erledigte Auguste ihre Arbeit.

» … und wissen Sie was? Ich habe diesen Nazi mit seiner eigenen Dummheit erpresst!« Dann lachte Herr Bodensatz aus vollem Herzen.

»Das hätte aber auch schiefgehen können. Ich glaube, Sie haben großes Glück gehabt.« Auguste holte den Rollator und stellte ihn direkt vor Herrn Bodensatz. Mithilfe von Auguste stemmte er sich hoch und ging langsam Richtung Tür.

»So, dann werde ich mal meine Runden drehen.« Herr Bodensatz hielt sich einigermaßen fit, indem er auf dem Flur auf und ab ging.

Auguste ging zum nächsten Zimmer. Als sie die Tür öffnen wollte, kam Herr Müller herausgestürmt.

»Sie sind wohl neu hier?«, fragte er, wartete nicht die Antwort ab und ging.

»Ja, bin ich«, antwortete Auguste mehr für sich und betrat den Raum.

»Sie sind doch die Neue? Wie war noch mal ihr Name?«, fragte Frau Müller.

»Sie können mich Auguste nennen.« Sie half der korpulenten Dame beim Anziehen. Nebenbei unterhielten sie sich.

»Sie haben aber einen netten Sohn«, begann Auguste.

»Früher wurden Kinder noch richtig von den Eltern erzogen. In der heutigen Zeit sagen die Kinder den Eltern, wo es langgeht.«

Stimmt, dachte Auguste. Ida und Paulchen haben immer ihre eigene Meinung und das ist gut so. »Ja, die Zeiten ändern sich«, antwortete sie, um die alte Dame nicht zu verärgern.

»Wenn mein Siegfried nicht hörte, bekam er einen Klaps auf den Po. Das hat noch niemandem geschadet.«

Unter keinen Umständen hätte Auguste Ida oder Paulchen auch nur ansatzweise Gewalt angetan. Also schwieg sie.

Das jedoch störte Frau Müller nicht. Sie fuhr fort: »Aus ihm ist ein ordentlicher und fleißiger Mensch geworden.«

»Was macht er denn beruflich?«, fragte Auguste neugierig.

»Er arbeitet als Buchhalter. Glauben Sie mir, irgendwann wird mein Siegfried noch mal richtig Karriere machen. Das ist so ein anständiger Kerl.«

Das verstand Auguste nicht. Wie sollte denn ein Mann in den Fünfzigern als Buchhalter Karriere machen? Aber sie wollte unbedingt das Thema auf Johanna lenken, bevor Roswita kam. »Kannten Sie Johanna?«, fragte sie.

»Wen meinen Sie?«

»Johanna Regena. Sie hat hier als Hilfspflegekraft gearbeitet.«

»Ach, Frau Regena meinen Sie. Natürlich kenne ich sie. Wo ist sie denn? Ich habe sie schon lange nicht mehr gesehen.«

»Sie wurde letztes Wochenende auf einer Bühne erschossen.«

»Das ist ja schrecklich! Mein Gott, sie war doch so eine nette Frau.« Frau Müller schwieg eine Weile. Dann holte sie tief Luft und fuhr mit lauter Stimme fort: »Das ist es doch, was ich meine: Wenn man Kinder nicht züchtigt, werden sie irgendwann zu Verbrechern. In meiner Zeit gab es so etwas nicht.«

Auguste musste das Gespräch beenden. Denn Roswita betrat den Raum. Gemeinsam hievten sie Frau Müller in den Rollstuhl und brachten sie zur Physiotherapie.

Ihre nächste Pflegebedürftige stand kurz vor dem Ende ihres Lebens. Sie musste nur noch palliativ versorgt werden. Auguste fühlte jedes Mal einen körperlichen Schmerz, wenn sie die alte Frau mit der wachsfarbenen, fast durchsichtigen Haut sah. Sie wurde sich ihrer eigenen Endlichkeit bewusst und begriff, dass sie den größten Teil ihres Lebens bereits hinter sich hatte.

Zum Glück vertrieb die nächste Pflegebedürftige Augustes finstere Gedanken mit ihrer strahlenden Heiterkeit. »Ich bin Hanna. Wir können uns ruhig duzen.«

»Ich bin Auguste«, freute sich Auguste.

Hanna war vor nicht allzu langer Zeit gestürzt und erholte sich nun von ihrer Hüftoperation.

»Sie sind so schlank«, bemerkte Auguste voller Anerkennung.

»Ich war früher aktive Leistungssportlerin. Ich habe sogar mal die Deutsche Meisterschaft im Weitsprung gewonnen.«

»Ich bewundere Sie!« Auguste meinte es ehrlich. »Aber warum sind Sie dann hier? Ich dachte, Sport hält gesund und jung?«

»Gegen das Altern hilft nichts. Irgendwann ist jedes Material verschlissen. Da können Sie machen, was Sie wollen.«

Auguste überlegte: Warum lebe ich so gesund, wenn ich dann doch irgendwann ins Heim muss?

Als hätte Hanna ihre Gedanken gelesen, sagte sie: »Bis zu diesem Sturz ging es mir aber wesentlich besser als den meisten Menschen in meinem Alter. Glauben Sie mir!«

Das tröstete Auguste und sie sah wieder einen Sinn in ihrer gesunden Lebensweise. Während sie die Operationswunde versorgte, besann sie sich wieder auf ihre Aufgabe: »Kannten Sie Johanna?«

»Wieso kannten? Ist ihr irgendetwas passiert?«

Auguste erzählte, wie Johanna ums Leben gekommen war.

»Das ist so schrecklich«, flüsterte Hanna. Dann schwieg sie.

Auguste bohrte weiter: »Mochten sie Johanna?«

»Ja. Ich habe immer zu ihr gesagt, dass sie mehr Sport machen soll. Aber sie meinte, sie bewege sich doch genug am Tag.« Dann war sie wieder still, als würde sie über etwas nachdenken.

Auguste wusste nicht, wie sie Hanna zum Reden bringen konnte. Also wartete sie erst mal ab.

Irgendwann hielt sie es nicht mehr aus. »Heute ist angenehmes Wetter draußen«, versuchte sie, das Gespräch wieder in Gang zu bringen.

»Da werde ich wohl fünf Minuten länger draußen bleiben«, meinte Hanna lächelnd.

Auguste zog ihr die Schuhe an und half ihr in die Jacke. Dann holte sie den Rollator und begleitete Hanna bis zur Tür.

Der nächste Pflegebedürftige litt unter Demenz. Das hat wohl keinen Sinn, ihn zu Johanna zu befragen, dachte Auguste. Sie öffnete die Tür und hörte, wie Herr Vogelber fragte: »Johanna, bist du es?«

»Nein, ich bin es, Auguste!«, sagte sie spontan und ärgerte sich, weil sie auch hätte antworten können, dass sie Johanna sei.

»Wann kommt Johanna?«, fragte Herr Vogelber.

»Das wird noch dauern. Soll ich ihr irgendetwas ausrichten?«

»Ist sie zu meinen Kontakten gegangen?«

»Welche Kontakte meinen Sie denn?«

»Johanna weiß, wen ich meine.« Dann schwieg er.

Auguste schwieg ebenfalls und verrichtete still ihre Arbeit.

Herr Vogelber dämmerte kurz weg und wachte wieder auf und sagte zu Auguste: »Johanna, schön, dass du da bist. Hast du dich um meine Kontakte gekümmert?«

Auguste seufzte kurz. Diesmal wollte sie keine falsche Antwort geben und fragte: »Um welchen Kontakt soll ich mich denn zuerst kümmern?«

Herr Vogelber dachte angestrengt nach und antwortete fast wütend: »Aber, Johanna! Das weißt du doch!«

Auguste schimpfte innerlich mit sich. Sie nahm Herrn Vogelbers Hand und sagte: »Du hast recht, Fritz. Das weiß ich.« Dann arbeitete sie weiter.

Später erzählte sie Roswita von ihrem Gespräch mit Herrn Vogelber.

»Ich habe keine Ahnung, wen er mit seinen Kontakten meint. Aber seine ehemalige Frau hieß auch Johanna. Sie ist schon vor einigen Jahren gestorben.«

»Heute musst du kochen. Ich bin total erschöpft«, erklärte Auguste, nachdem Berta sie abgeholt hatte.

»Kein Problem! Du brauchst mir nur sagen, was ich machen soll.« Ein wenig Angst hatte Berta schon. Kochen war einfach nicht ihr Ding. »Erzähl! Was hast du heute erfahren? Wie verhalten sich die Kolleginnen von Johanna?«

Auguste erzählte ausführlich von ihrem Tag und endete mit den Worten: »Ich glaube, dass du dich geirrt hast. Jeder, den ich befrage, berichtet mir, wie nett Johanna war. Sie ist nicht aufgefallen und hat still ihre Arbeit verrichtet.«

»Es hat ja auch wenig Sinn, eine Revolution im Altenheim anzuzetteln.« Berta überlegte, ob Auguste weiter im Altenheim arbeiten sollte. »Vielleicht hast du recht. Bleib trotzdem noch ein paar Tage. Vielleicht erfahren wir doch noch das eine oder andere. Eventuell solltest du mal mit deinem Chef reden.«

Berta schnitt sich beim Kochen nur einmal in den Finger. Es gab Nudeln mit Tomatensoße. Nach dem Essen schauten sie sich das nächste Video an.

»Eine der größten Herausforderungen in der Zukunft ist der Klimawandel und dessen Auswirkungen. Er betrifft jeden auf der Welt und genau aus diesem Grund sollten wir ihm eine gemeinsame Beachtung schenken. Wir brauchen ein internationales Umweltzentrum, in dem Menschen aus der ganzen Welt forschen, Strategien entwickeln für ein Leben im Einklang mit der Natur und in der die Umsetzung bis ins Detail geplant wird. Der normal arbeitende Mensch oder auch Firmen haben keine Zeit, sich mit dem Thema Umwelt zu beschäftigen. Es muss also für jeden leicht sein, die Forschungsergebnisse in den Alltag zu integrieren. Zum Beispiel muss der Weg für eine Produktverpackung vom Anfang bis zum Ende der Wiederverwertung durchorganisiert sein. Konzepte müssen ausgearbeitet werden, um den

CO_2-*Ausstoß auf der Erde zu verringern. Wie wäre es, wenn wir die gesamte Welt mit unterirdischen Wasserrohren ausstatten, um bei Starkregen das Wasser zu den Dürregebieten weiterzuleiten? Es hat doch auch schon mal mit den elektrischen Leitungen funktioniert.«*

»Genau das ist es: Es muss leicht im Alltag umzusetzen sein. Wenn es kompliziert ist, macht es doch wieder keiner«, meinte Auguste.

»Das stimmt. Vor allem muss das Abwassersystem revolutioniert werden. Was wäre es schön, wenn man das Wasser der regenreichen Gebiete einfach auffangen könnte, um es zu den Gegenden weiterzuleiten, die es dringend brauchen.«

7

»Sagen Sie mal, wie standen Sie eigentlich zu den Theorien von Johanna Regena?«, fragte Auguste am nächsten Morgen ihren Chef, während sie den Arbeitsvertrag unterschrieb.

»Ach, hören Sie bloß auf!«, winkte Herr Sonderbier ab. »Ich habe zu ihr gesagt, sie soll ganztags arbeiten, damit würde sie zumindest einigen wenigen Menschen helfen. Das würde reichen.«

»Und wie hat sie reagiert?«

»Sie hat zu mir gesagt, dass alles irgendwann genau so kommen wird, wie sie es sagt. Im Ernst, wie kann man nur so eingebildet sein, oder?«

»Aber haben Sie sich denn mal mit ihren Theorien auseinandergesetzt?«

»Wie kommen Sie denn darauf? Dafür habe ich keine Zeit. Und außerdem, wir müssen jetzt weiterarbeiten.« Herr Sonderbier beugte sich über seine Akten und tat so, als wäre Auguste nicht mehr im Raum.

»So ist es. Bis später.« Als sie das Zimmer verließ, kam ihr Herr Müller entgegen.

»Einen wunderschönen guten Morgen wünsche ich Ihnen«, rief er schon von Weitem.

»Danke«, freute sich Auguste, »das wünsche ich Ihnen auch!«

Später erzählte sie Roswita von Herrn Müller. »Der muss aber seine Mutter sehr lieben, wenn er sie so oft besucht.«

»Ich erzähl dir jetzt mal was. Aber du musst mir versprechen, dass du das für dich behältst. In Ordnung?«, flüsterte Roswita.

»Versprochen!«, log Auguste.

»Die Mutter von Herrn Müller wohnt noch nicht lange bei uns und hat ein Haus. Und Herr Müller lässt es gerade auf seinen Namen umschreiben.«

»Und warum? Hat er Geschwister?«

»Nein. Er ist Einzelkind. Aber er möchte Erbschaftssteuern sparen. Seiner Mutter geht es nicht mehr so gut. Früher hätte sie das nicht mitgemacht. Sie war ein beinharter Feger.«

»Was es nicht alles gibt!«

Auguste verrichtete wieder fleißig ihre Arbeit. Sie versuchte noch mal mit allen Pflegebedürftigen über Johanna zu reden. Aber das Ergebnis war wie am Tag zuvor: Alle mochten sie.

Berta stand vor dem Einfamilienhaus des Ex-Mannes von Johanna. Was für eine schöne Hütte!, dachte sie - wobei das Wort Hütte dieser wunderschönen Villa nicht gerecht wurde.

Berta überlegte. Eigentlich war es noch viel zu früh, um an der Tür zu klingeln. Also verharrte sie und beobachtete das Haus. Sie dachte nach. Hatte Johanna recht? Wenn alle Menschen in so einem schönen Haus leben würden und genug Geld zum Leben hätten - würde es dann kaum noch Kriminalität geben?

In diesem Augenblick öffnete sich die Tür. Eine Frau Anfang vierzig verließ mit zwei Schulkindern das Haus und winkte einem Mann zu.

Nachdem die drei mit einem Auto davongefahren waren, lief Berta zur Tür und klingelte.

»Sind Sie Norbert Regena?«

»Ja? Was kann ich für Sie tun?«

Berta stellte sich vor und erklärte ihr Anliegen.

Herr Regena seufzte genervt und überlegte kurz. »Na gut«, meinte er dann. »Kommen Sie rein. Je früher der Fall aufgeklärt ist, umso früher habe ich wieder meine Ruhe.«

Sie gingen in dem wunderschönen, modernen Haus direkt in die Küche, wobei die Küche ein Teil vom Wohnzimmer war.

»Wenn Sie nichts dagegen haben, räume ich nebenbei den Esstisch ab«, sagte Herr Regena.

»Nein, natürlich nicht.« Berta schaute sich kurz um. »Was für eine schöne Einrichtung!«

Herr Regena lächelte kurz stolz. »Danke!« Dann nahm er die Tassen und brachte sie zur Spülmaschine.

»Warum haben Sie sich von Johanna getrennt?«

»Ich möchte einfach mein Leben leben, arbeiten, mich um meine Familie kümmern und das war es. Johanna erzählte nur noch von ihren Theorien, wie sie die Welt retten könnte. Wir redeten aneinander vorbei. Es funktionierte irgendwann nicht mehr.«

»Wie sieht es finanziell aus? Mussten Sie nicht eine Menge Geld an Johanna und für Ihre Tochter zahlen? Das Haus sieht nicht gerade billig aus.«

Herr Regena stoppte für einen Moment das Einräumen der Spülmaschine und behielt einen Teller in der Hand. »Ich habe sie angefleht, endlich wieder ganztags zu arbeiten, Frida zuliebe. Doch sie wollte nicht. Zum Glück ist meine neue Frau vermögend und verdient als Beamtin ganz gut. So kommen wir über die Runden.«

»Wie war Johannas Beziehung zum Geld?«

»Johanna wollte ein Buch schreiben und glaubte, dass sie mit ihren Theorien richtig viel Geld einnehmen würde. Das hätte sie dann verwendet, um sich ein sicheres Leben aufzubauen. Mit dem Rest beabsichtigte sie, ihre Träume von einer besseren Welt zu verwirklichen.«

»Schade, dass sie das nicht geschafft hat!«, meinte Berta aus tiefster Überzeugung.

»Ich bitte Sie! Das war doch sehr unrealistisch! Nichts davon hätte sie hinbekommen. Es fängt mit dem Buch an. Wer liest heutzutage noch Bücher?«

Nun wurde er Berta doch ein wenig unsympathisch. Sie verzichtete auf eine weitere Diskussion. »Wo waren Sie während der Kundgebung letzten Samstag?«

Herr Regena räumte die letzten Teller ein. »Ich habe das gemacht, was jeder Familienvater um diese Zeit macht: Ich habe mich um den Garten gekümmert. Zuerst habe ich den Rasen gemäht, dann Unkraut gezupft, die Hecke geschnitten und zum Schluss die Fugen vom Unkraut befreit. Das kostet eine Menge Zeit.«

»Kann das jemand bestätigen? Ich meine, Ihr Grundstück ist nicht einsehbar. War jemand mit draußen?«

Herr Regena zögerte: »Nein. Aber glauben Sie mir, ich habe Johanna nicht umgebracht. Ich liebe meine neue Familie über alles. Nie würde ich etwas tun, das mein Familienglück gefährdet.«

»Warum möchte Frida nicht bei Ihnen wohnen?«

»Teenager sind nicht immer einfach und Frida
ist ganz besonders kompliziert. Wir haben immer alles unternommen, damit es ihr bei uns gut
geht. Man konnte ihr nichts recht machen. Sie
sagte, dass sie sich bei uns wie ein fünftes Rad
am Wagen fühlt.« Herr Regena seufzte. »Da kann
man nichts machen.«

So ganz nahm ihm Berta seine Trauer nicht ab.
Sie glaubte, dass Frida auch nur ein Störfaktor
war, genauso wie Johanna.

»So«, verkündete Herr Regena, »wir müssen
das Gespräch beenden. Ich muss zur Arbeit.«

Berta wollte sich gerade verabschieden, als ihr
noch eine Frage einfiel: »Sagen Sie, sind Sie po-
litisch aktiv oder sind Sie gewerkschaftlich organisiert?«

»Ich bin ein zahlendes Mitglied der Gewerkschaft.«

Berta bedankte sich und verließ das Haus.

»Es würde mich interessieren, ob wirklich alles so harmonisch im Leben der neuen Familie Regena abläuft«, sagte Berta, nachdem sie Auguste von ihrem Besuch bei Norbert Regena erzählt hatte.

»Warum nicht? Wenn es ihm so wichtig ist, wird er auch eine Menge dafür tun. Es macht doch Spaß, Zeit mit kleinen Kindern zu verbringen.«

»Vielleicht hast du recht und ich sehe alles viel zu schwarz. Wie ist es bei dir heute gelaufen?«, wechselte Berta das Thema.

Auguste erzählte vom Leiter der Pflegeeinrichtung und von Herrn Müller, der jeden Tag seine Mutter besuchte, um das Haus steuerfrei zu erben.

Am Abend schauten sie sich das nächste Video an.

»Jeder Mensch auf der Welt muss lernen, andere nicht nach ihrer Hautfarbe, ihrem Besitz, Beruf, nach rechts oder links, ihrer Sexualität oder nach Sonstigem zu beurteilen, sondern

einzig und allein nach ihrer Gewaltbereitschaft und ihren kriminellen Energien. Diese Zeitgenossen machen uns das Leben schwer. Um die müssen wir uns kümmern! Jedem müssen wir klarmachen, dass Gewalt keine Lösung ist, dass Gerichte für unsere Konflikte zuständig sind. Und diejenigen, die verantwortlich sind für den Tod von Tausenden friedlichen Menschen, gehören für immer ins Gefängnis! Die meisten Bewohner dieser Erde möchten doch nur ein normales Leben führen: frühmorgens aufstehen, arbeiten, kreativ sein oder sich um Freunde und Familie kümmern. Wozu brauchen wir Gewalt?«

8

»Pass auf, dass du die richtige Currypaste kaufst: die gelbe und nicht die grüne oder rote! Hast du verstanden?«

»Ja.« Berta brauchte gerade viel Geduld. Heute musste sie den Wocheneinkauf allein erledigen. Auguste musste schließlich arbeiten.

»Und schau dir das Obst und Gemüse genau an! Es darf keine braunen Stellen haben. Hörst du mir zu?«

»Ja.« Aber es war Berta tatsächlich so egal.

Auguste zählte auf der Fahrt zum Pflegeheim noch zahlreiche andere wichtige Sachen auf, die Berta unbedingt beachten sollte. Als sie endlich das Pflegeheim erreichten, hatte Berta das meiste wieder vergessen. Zum Glück hatte Auguste sie mit einem ausführlichen Einkaufszettel ausgestattet. Das musste reichen.

Auguste versorgte wieder Herrn Bodensatz und flirtete mit ihm. Sie kümmerte sich um Frau Müller, der es so schlecht ging, dass sie Roswita informierte. Auguste tat alles Nötige, um ihrer Palliativpatientin das Sterben zu erleichtern. Dann freute sie sich mit Hanna über das Leben und tat so, als wäre sie die Frau des dementen Herrn Vogelber.

»Ich habe einen Plan«, sagte Paulchen, als sie vor dem Meerschweichenstall standen. »Diesmal werden wir die Fläche mit den Häuschen begrenzen und dann können sie nicht mehr so weit weglaufen.« Dann hustete er.

»Das ist eine gute Idee«, freute sich Auguste.

Tatsächlich ließen sich die kleinen Fellknäuel schneller einfangen.

Später saßen sie alle zusammen bei Berta und Auguste und aßen zu Mittag.

»Oma Auguste?«, begann Paulchen nach kurzer Zeit das Gespräch.

»Ja, liebes Paulchen?«

»Hast du heute irgendwas anders gemacht beim Kochen?«

Es gab Spaghetti Bolognese.

»Wie kommst du darauf?« Berta hatte statt des gewohnten Rinderhackfleisches, gemischtes Hackfleisch gekauft. Auguste hatte so gehofft, dass Paulchen das nicht merken würde. Aber sie hatte sich getäuscht. Einen Augenblick überlegte sie, ob sie so tun sollte, als wäre nichts anders. Doch dann entschied sie sich für die Wahrheit. »Ja, die Tante Berta hat das verkehrte Hackfleisch gekauft«, sagte sie mit einem wütenden Seitenblick auf Berta.

»Aber das schmeckt doch jetzt viel besser als vorher!«, behauptete Berta und zwinkerte Paulchen zu. »Oder was meinst du, Paulchen?«

»Nein. Es schmeckt nicht.« Dann schob er den fast vollen Teller beiseite.

Berta und Auguste seufzten im Chor. Sie wussten, dass es keinen Sinn haben würde, den Versuch zu starten, Paulchen zum Essen zu überreden. Sie mussten sich etwas Neues einfallen lassen, um das Kind satt zu bekommen.

»Ich lade euch ins Café ein. Was haltet ihr davon?« Berta freute sich über ihre Idee.

Paulchen auch.

Auguste brauchte noch etwas Zeit. Sie überlegte, was sie mit dem restlichen Essen machen sollte, und nachdem sie beschlossen hatte, dass diese Reste das Abendbrot für den Samstagabend werden würden, fühlte sie sich ein wenig besänftigt.

Ihr Lieblingscafé im Harz war wie immer sehr voll. Sie schauten sich nach einem freien Tisch um und auf einmal entdeckte Auguste Herrn Müller vergnügt in einer Männerrunde. »Schau mal«, sagte sie zu Berta. »Da ist der Herr Müller, von dem ich dir erzählt habe.« In dem Moment, als sie ihre Hand hob, um Herrn Müller laut zu grüßen, fasste er der vorbeigehenden Kellnerin genüßlich an den Allerwertesten.

Auguste erstarrte zur Salzsäule. »Hat er ihr eben den Po begrapscht?« Gleichzeitig nahm sie ihre Hand wieder runter.

»Was für ein Lustmolch!«, bestätigte Berta.

»Da hinten ist ein freier Tisch«, rief Paulchen und lief voraus. Sie setzten sich so hin, dass Berta und Auguste Herrn Müller im Blick behalten konnten und Paulchen nichts davon mitbekam.

Während sie den schönen Nachmittag mit Paulchen in vollen Zügen genossen, warfen sie immer wieder einen Blick auf Herrn Müller und seine Männerrunde. Sie waren mittlerweile schon ganz schön angeheitert vom Alkohol. Die Kellnerin machte einen großen Bogen um ihn und als er sie rief für eine Bestellung, schickte sie ihren Kollegen vorbei.

Berta wollte es genau wissen. Sie sagte zu Paulchen und Auguste, dass sie auf Toilette müsse, und sprach auf dem Weg dorthin die Kellnerin an: »Sagen Sie, der Mann dort hinten in der Männerrunde - hat er sie schon öfters belästigt?«

Der Kellnerin war es sichtlich unangenehm, auf diese Frage zu antworten. Zögernd antwortete sie: »Ich bediene den Herrn heute zum ersten Mal.« Entschuldigend fügte sie hinzu: »So etwas kommt schon mal vor in unserer Branche. Das ist so.« Dann ließ sie Berta stehen und kümmerte sich um ihre Arbeit.

9

Berta und Auguste wollten sich am nächsten Tag den schönen Seiten von Halberstadt widmen. Schließlich gab es davon nicht wenige und so machten sie sich früh auf den Weg. Für Paulchen war es mittlerweile so selbstverständlich, dass er am Sonnabend mit seiner Oma und deren Schwester unterwegs war, dass er gar nicht mehr auf die Idee kam zu protestieren.

Sie hatten sich entschieden, an einer öffentlichen Stadtführung teilzunehmen. Der Treffpunkt befand sich neben dem zweitältesten Roland von Deutschland direkt vor dem Rathaus. Nach kurzer Zeit gesellten sich noch weitere interessierte Besucher hinzu. Ein älterer Herr erzählte ihnen spannende Geschichten über die Stadt, die kurz vor Ende des Zweiten Weltkrieges zerstört worden war, und über ihre ehemaligen Bewohner. Sie lauschten aufmerksam den Er-

zählungen und genau in dem Moment, als sie
neben dem Dom standen, fingen die Glocken
an zu läuten, zuerst ganz leise, dann etwas lauter
und zum Schluss so laut, dass Paulchen, Berta
und Auguste ein wenig erschraken, worüber sich
Paulchen freute. Bald war die Führung zu Ende.
Sie stärkten sich in einem Restaurant und beschlossen, zum Schluss dem Dom und seinem
Schatz noch einen Besuch abzustatten. Berta
und Auguste waren überwältigt von der Schönheit der ausgestellten Werke und den Fertigkei-
ten der Handwerker im Mittelalter.

Am Abend schauten sie sich wieder ein Video an.
*»Die Zeit vor über tausend Jahren stelle ich
mir sehr beschwerlich vor. Die Könige reisten
mit ihrer Gefolgschaft durch Europa, um ihr
Reich zu beschützen. Sie führten Kriege und
plünderten Ortschaften, um ihre Soldaten und
deren Familien zu ernähren. Ein Menschenle-
ben schien damals nicht viel wert gewesen zu
sein. Was werden die Menschen in tausend Jah-*

ren über uns sagen? Werden sie sich wundern, dass in unserer heutigen Zeit immer noch Menschen vor Hunger starben, dass immer noch Kriege geführt wurden und sich Menschen gegenseitig töteten? Ist es nicht Zeit, Gewalt hinter uns zu lassen und in eine friedliche Zukunft zu starten?«

10

Der nächste Tag war ein Sonntag. Trotzdem standen Berta und Auguste früh auf. Sie frühstückten wie immer wenig und schauten sich anschließend das nächste Video an.

»Früher haben wir immer alles der Natur und der Marktwirtschaft überlassen. Es ging nicht anders. Erfindungen wurden mühsam durch den Handel verbreitet. Aber heute ist es anders. Wir können jederzeit und überall mit anderen Menschen kommunizieren. Das ist das Beste, was uns passieren konnte! Dadurch sind wir in der Lage zusammenzuarbeiten und uns auszutauschen. Das ist auch notwendig! Wir haben nur diesen einen Planeten und den müssen wir gemeinsam beschützen. Wir müssen alle unsere selbst gemachten Probleme beseitigen und so gut es geht im Einklang mit der Natur leben.«

»Wenn das doch mal alles so einfach wäre!«, seufzte Auguste. »Manchmal verstehen sich ja noch nicht mal zwei Hausnachbarn miteinander. Wie soll sich da die ganze Welt verstehen?«

»Das Wichtigste ist, dass man nie aufhört, miteinander zu reden, und immer versucht, Kompromisse zu finden. Doch genau das ist das Schwierigste.«

»Denkst du gerade an Ida, die den Kontakt mit uns abgebrochen hatte, weil ich sie früher, als sie noch ein Kind war, belogen hatte?«

»Du hattest keine Chance, dich zu rechtfertigen. Gleich nachdem sie es erfahren hatte, hat sie den Kontakt zu uns abgebrochen. Erst als sie in derselben Situation wie du war, hat sie dich verstanden. Wenn du von Anfang an die Möglichkeit gehabt hättest, dich zu verteidigen, wäre es vielleicht nie zum Kontaktabbruch gekommen.«

Plötzlich klingelte es an der Haustür. Berta erschrak und vor lauter Angst, dass Willi vor der Tür stehen könnte, schloss sie das Fenster mit den Videos und sah nun den weiteren Inhalt der externen Festplatte. Berta fasste sich verzweifelt an die Stirn. »Wie konnte ich das übersehen?«

Auguste war in der Zwischenzeit zur Tür gegangen.

»Hallo!«, rief Gertrud, Augustes beste Freundin. »Von euch ist ja in letzter Zeit überhaupt nichts mehr zu hören. Ich dachte, ich schau mal, wie es euch geht.«

»Komm rein!«, freute sich Auguste.

»Ich habe etwas selbst gekochte Pflaumenkonfitüre mitgebracht.« Niemand auf der Welt konnte besser Pflaumenkonfitüre kochen als Gertrud.

Schnell ging Berta in die Küche. Auguste holte aus ihrer Tiefkühltruhe tiefgefrorene Brötchen, backte sie auf und kochte Kaffee. Dann gaben sie sich komplett dem Genuss hin. Sie tauschten Neuigkeiten aus und als Gertrud nach zwei Stunden wieder ging, hatten sie eine schöne Zeit miteinander verbracht.

Kaum war Gertrud aus dem Haus, lief Berta zum Computer. »Auf der Festplatte sind noch weitere Videos«, sagte sie zu Auguste.

»Wo kommen die denn auf einmal her?«

»Sie waren versteckt hinter den anderen.«

Sie öffneten zuerst den Ordner mit dem Namen Norbert und dann gleich das erste Video. Der Bildschirm blieb die ganze Zeit schwarz. Offensichtlich befand sich das Handy in einer Tasche.

»Norbert, ich möchte, dass du endlich Unterhalt zahlst!«

»Ich habe dir gesagt, dass wir zurzeit kein Geld haben. Die Kredite für das Haus müssen abbezahlt werden und die Kinder brauchen neue Sachen. Du bekommst irgendwann dein Geld.«

»Ich will es aber jetzt!«

»GEH ENDLICH WIEDER GANZTAGS ARBEITEN!«

»Du hast doch dafür gesorgt, dass mich die ganze Stadt wie eine Bekloppte behandelt. Du musstest ja jedem erzählen, was ich gerade mache. Ich finde keine Stelle mehr als Lehrerin.«

»Du kannst doch in deinem Altenheim ganztags arbeiten.«

Johanna seufzte. »Mir steht der Unterhalt zu.«

Es ging in jedem Video immer um dasselbe Thema. Das letzte Video endete mit Johannas

Worten: »Norbert, ich werde dich auf Unterhalt verklagen.«

»Warum hat sie das nicht gleich gemacht? Warum diskutiert sie so viel mit ihm?«, fragte Auguste verständnislos.

»Ich bin überrascht, dass sie sich noch so oft gesehen haben«, bemerkte Berta. Sie öffnete den zweiten Ordner mit dem Namen Carolin. Allerdings befanden sich in diesem Ordner nur Übungsvideos, die Carolin aufgenommen hatte.

Berta durchsuchte die gesamte Festplatte, konnte aber nichts weiter finden.

»Ich werde jetzt im Garten Unkraut zupfen«, meinte Auguste.

Berta holte sich einen Schreibblock und einen Kugelschreiber. Sie wollte ihre Gedanken ordnen. In die Mitte malte sie einen Kreis und schrieb »Johanna« hinein. Dann fügte sie die Namen aller Verdächtigen um den Kreis herum hinzu.

Zuerst dachte sie an die Tochter. Sie strich den Namen gleich wieder durch. Frida hatte ihre Mutter geliebt. Das war unübersehbar.

Dann grübelte sie über Carolin, der Freundin des Opfers, nach. »Wollte Carolin Frida beschützen? Sie scheint sie sehr zu mögen«, murmelte Berta vor sich hin. »Aber begeht man dafür einen Mord?«

In den nächsten Kreis schrieb sie den Namen Norbert. Wie groß ist seine Geldnot? Wollte er verhindern, dass Johanna ihn auf Unterhalt verklagt? Berta kreiste seinen Namen fett ein.

»Wie sieht es mit dem Pflegeheim aus?«, fragte sich Berta ratlos. Ihr fiel beim besten Willen kein Motiv ein. Gleichzeitig war sie immer noch davon überzeugt, dass da irgendetwas nicht in Ordnung war. Obwohl Auguste immer und immer wieder betonte, dass Johanna dort still und leise gearbeitet habe.

Zusammenfassend musste sich Berta eingestehen, dass sie im Dunkeln tappte und keinen Schritt weitergekommen war.

11

Am nächsten Morgen brachte Berta Auguste wieder früh ins Pflegeheim. Während Auguste ihrer Arbeit nachging, fuhr Berta zu Norbert Regena. Er wollte gerade mit seinem Auto zur Arbeit fahren. Sie konfrontierte ihn ohne Umschweife mit ihren neuesten Erkenntnissen.

»Warum haben Sie keinen Unterhalt bezahlt? Verdient Ihre Frau doch nicht so viel Geld? Haben Sie Johanna getötet, weil sie Sie auf Unterhalt verklagen wollte?«

»Ich habe ab und zu Unterhalt gezahlt. Ich wollte mit meiner Verweigerung nur erreichen, dass sie ganztags arbeitet und mit diesen sinnlosen Weltrettungsmaßnahmen aufhört. Nein, ich habe sie nicht getötet!«

»Soso! Johanna war ein erwachsener Mensch. Sie konnte machen, was sie wollte. Warum hatten Sie sie in ihrem Leben so behindert? Was hat sie gestört?«

»Ich war wütend auf sie, weil sie mir Lebenszeit und Geld geraubt hat. Wir hätten so eine schöne Zeit haben können und sie hat alles kaputt gemacht.«

»Aber Sie haben doch wieder ihr altes Leben! Sind Sie nicht zufrieden?«

»Es ist alles anders.« Er holte tief Luft und sagte überdeutlich: »Das ist egal. Das Wichtigste ist, dass ich Johanna nicht getötet habe. Und jetzt muss ich los. Kümmern Sie sich doch um Carolin! Wie hat es Johanna überhaupt geschafft, auf die Bühne zu kommen?« Dann setzte er sich ins Auto und fuhr los.

Tatsächlich war Berta dieser Frage noch nicht nachgegangen. Sie fuhr direkt zu Carolin. Sie frühstückte gerade.

»Möchten Sie auch einen Kaffee?«

»Gern«, antwortete Berta.

Als sie dann endlich saßen, fragte Berta: »Wieso durfte Johanna eigentlich auf der Bühne eine Rede halten? War sie Mitglied einer Partei oder der Gewerkschaft?«

»Johanna war nicht der Typ Mensch, der sich einer Partei hätte unterordnen können. Ich habe sie gefragt, warum sie dort auftreten durfte. Doch sie hat nur gegrinst und gesagt, dass ich das bestimmt nicht wissen wolle.«

»Haben Sie noch mal nachgehakt?«

»Sie blieb stumm wie ein Fisch.«

»Hm.« Berta überlegte. »Gibt es vielleicht doch einen kleinen Hinweis?«

»Die Veranstalter müssten es doch wissen.«

»Stimmt. Dann werde ich dort noch mal nachfragen.«

Unzufrieden verabschiedete sich Berta und lief zum Dom, um sich den Domschatz noch mal in Ruhe anzuschauen. Wieder war sie zutiefst beeindruckt von den künstlerischen Fähigkeiten der Menschen aus dem Mittelalter. Ihr fiel auf, dass die abgebildeten Menschen meistens einen traurigen Gesichtsausdruck hatten. Berta überlegte, wie das Leben damals wohl so abgelaufen war. Sie dachte an Krankheiten, Krieg und Tod. Sicher hatten sie auch schöne Momente erlebt.

Aber uns geht es heute viel besser. Dessen war sich Berta sicher. Später holte sie Auguste ab.

Am Abend schauten sie sich ein neues Video an.

»Alles hat ein Ende. Früher oder später wird unsere Erde nicht mehr bewohnbar sein. Darauf müssen wir vorbereitet sein. Wir brauchen ein weltweites Weltraumprogramm. Gemeinsam sind wir schneller und kreativer, um das All zu erforschen und gegebenenfalls einen neuen Planeten zu finden. Und auch das muss mit digitalem Geld bezahlt werden.«

Berta überlegte: »Ich hoffe, dass ich in meinem nächsten Leben einfach so durch das Weltall fliegen kann, so wie ich heute auf der Erde Auto fahre.«

»Es wäre aber total ungünstig, wenn dein zukünftiges Raumschiff genauso alt und klapprig wäre wie dein heutiges Auto.«

»Nein. Dann werde ich definitiv das neueste Modell kaufen.«

Augustes Handy klingelte. Ida erzählte, dass ein Meerschweinchen verklebte Augen und eine verstopfte Nase habe. Es müsse unbedingt zum Tierarzt. Sie habe für den nächsten Vormittag auch schon einen Termin.

Da Auguste nicht konnte, beschlossen sie, dass Berta das übernehmen müsse.

12

Am nächsten Morgen fuhr Berta Auguste zuerst zur Arbeit. Dann holte sie das verschnupfte Meerschweinchen von Ida ab und fuhr zum Tierarzt. Bald reihte sie sich in die Schlange der wartenden Tierbesitzer ein und schaute sich nebenbei die Faltblätter an. Sie las die Überschriften »Allergien beim Hund«, »Kampf gegen Zecken«, »Schlacht gegen Parasiten«, »Für das Herz Ihres Hundes«. Ich wusste nicht, dass Hunde so kompliziert sind, wunderte sich Berta. Nach kurzer Zeit war sie an der Reihe. Die kleine Meerschweinchendame wurde gründlich untersucht. Nase und Augen wurden sorgfältig gereinigt und dann bekam sie eine Spritze. Die Tierärztin erklärte Berta, wie sie die zukünftigen Medikamente verabreichen sollte und anschließend waren sie auch schon fertig.

Berta brachte das Meerschweinchen zurück zu Ida, die noch nicht zu Hause war, und holte Auguste von der Arbeit ab. Draußen strahlte die Sonne.

»Lass uns heute in Halberstadt zu Mittag essen. Ich möchte heute nicht kochen«, schlug Auguste vor.

Berta hatte auch Lust auf einen Spaziergang und so schlenderten sie durch die alten Gassen von Halberstadt.

»Schau mal, hier hängen lauter Wahlplakate. Offensichtlich finden demnächst Kommunalwahlen statt.« Sie sahen in die netten und freundlichen Gesichter, bis sie an einem glatzköpfigen Gesicht hängen blieben, das ihnen bekannt vorkam.

»Ist das Herr Müller?«, fragte Berta, die ihn nur kurz im Café gesehen hatte und sich nicht mehr genau erinnern konnte.

»Herr Müller kandidiert für das Amt des Bürgermeisters«, stellte Auguste überrascht fest.

»Er ist Mitglied einer rechten Partei«, ergänzte Berta.

»Das meinte seine Mutter also, als sie sagte, dass ihr Siegfried irgendwann noch mal richtig Karriere machen würde.«

»Das bedeutet, dass er ein Politiker ist und vielleicht auf der Bühne gestanden hat, als der Mord passierte … oder eben auch nicht«, rätselte Berta. Sie fotografierte das Wahlplakat und dann gingen sie essen. In dem kleinen, gemütlichen Restaurant schmiedeten sie einen Plan.

»Auguste, du musst morgen herausbekommen, in welcher Beziehung Herr Müller zu Johanna gestanden hat.«

Nach dem Essen fuhren Berta und Auguste zu Carolin.

»Sie haben aber Glück, dass sie mich noch antreffen«, sagte sie mit einer leeren Einkaufstasche in der Hand.

Berta zeigte ihr das Foto vom Wahlplakat. »Stand dieser Mann auf der Bühne, als Johanna erschossen wurde?«

Carolin nahm das Handy und schaute sich das Foto genau an. Zögerlich antwortete sie: »Ich glaube nicht. Aber einhundertprozentig sicher bin ich mir nicht.«

»Kennen Sie den Mann?«

Sie gab Berta das Handy zurück und meinte: »Ich verkehre nicht in rechten Kreisen.«

»Hat Johanna den Namen Siegfried Müller mal erwähnt?«

»Kann sein. Aber Müller ist ja mehr ein Sammelbegriff als ein Name. Ich kann mich nicht erinnern.«

»Schade«, sagten Berta und Auguste wie aus einem Mund.

Am Abend schauen Sie sich das nächste Video an.

»Wir müssen es schaffen, dass wir uns um jeden Menschen, der geboren wird, von der ersten bis zu letzten Minute seines Lebens zu kümmern in dem Sinne, dass seine Grundbedürfnisse erfüllt werden, Bildung Spaß macht und dass er sich frei nach seinen eigenen Talenten entfalten kann.«

»Wird sich die Menschheit ohne Not dann noch weiterentwickeln, wenn es immer allen gut geht?«, fragte Auguste.

»Es werden trotzdem immer Probleme da sein
- schon allein, weil wir nur fehlbare Menschen
sind. Und wenn wir es irgendwann geschafft haben, dass wir alle auf der Welt friedlich zusam-
menleben, greifen uns irgendwelche Außerirdi-
schen an. Wetten?«

13

Zuerst fragte Auguste Roswita am nächsten Tag: »Hatte Herr Müller irgendetwas mit Johanna zu tun?«

»Wie kommst du denn darauf?«, fragte Roswita entsetzt.

»Na ja, Herr Müller kandidiert für das Amt des Bürgermeisters und Johanna wollte die Welt retten. Wollten die beiden vielleicht etwas zusammen machen?«

»Auguste, lass es! Denk einfach nicht darüber nach.« Damit war das Thema für Roswita beendet. »Übrigens hat der Arzt neue Medikamente für Frau Müller verschrieben. Achte bitte darauf!«

Auguste gab nicht auf. Als Nächstes fragte sie Herrn Bodensatz. Der aber kannte Herrn Müller überhaupt nicht.

Im nächsten Zimmer musste sie feststellen, dass es Frau Müller sehr schlecht ging. An Physiotherapie war nicht zu denken. Fürsorglich kümmerte sich Auguste um sie.

»Ihr Sohn kandidiert für das Amt des Bürgermeisters!«, sagte Auguste gespielt begeistert.

»Das ist wirklich ein feiner Kerl. Glauben Sie mir, aus dem wird mal was«, flüsterte Frau Müller mit schwacher Stimme.

»Hat ihn Frau Regena unterstützt? Sie hatte doch auch politische Ambitionen.«

»Mein Sohn ist verheiratet und hat drei Kinder. Der braucht keine andere Frau.«

Auguste musste auch diesmal passen. Frau Müller war zu schwach und hatte vermutlich auch keine Ahnung.

Als Nächstes versorgte sie die sterbende Pflegebedürftige. Auguste wunderte sich jeden Tag aufs Neue, wie lange dieser Prozess dauerte.

Am meisten freute sich Auguste auf Hanna. Die alte Dame strotzte nur so vor Lebenslust.

»Auguste! Schön, dass du da bist!«

»Ich freue mich auch«, erwiderte Auguste.

Dann erzählte Hanna von ihren vier Ehemännern, die sie allesamt unter die Erde gebracht hatte. Sie endete mit den Worten: »Ja, das Leben war nicht immer leicht mit mir.«

Auguste musste das Thema wechseln. »Sag mal, Hanna, hatten der Herr Müller und die Johanna etwas miteinander zu tun?«

»Ist der Herr Müller ein kleiner kräftiger Mann in den Fünfzigern?«

»Genau, das ist er.«

Hanna schaute Auguste etwas streng an und antwortete: »Du bist keine Pflegekraft, oder?«

Auguste druckste eine Weile rum, dann fragte sie: »Wie kommst du darauf?«

»Du machst eine Menge verkehrt. Ich habe früher als Krankenschwester gearbeitet.«

»Ich bin Privatdetektivin und versuche, den Mörder von Johanna zu finden. Aber das bleibt unter uns, ja?«

»Gut. Also, ich weiß ja nicht, ob es von Bedeutung ist: Ich bin vor einigen Wochen, während die Pflegekräfte frühstückten, an der Medikamentenkammer vorbeigegangen und da sah ich, wie der Herr Müller die Carmen bedrängte und die Johanna es mit ihrem Handy filmte, bevor sie das andere Pflegepersonal zu Hilfe rief. Ich musste in mein Zimmer gehen. Aber ich hörte noch lange einen lauten Tumult.«

In diesem Moment fiel Auguste ein, dass immer einer laut rief: »Herr Müller kommt!« Und, dass Carmen anschließend das Weite suchte.

»Das ist wirklich interessant. Vielen Dank für die Information.«

Auguste konnte es kaum erwarten, Berta alles zu berichten. Eilig verrichtete sie ihre Arbeit.

Kaum saß sie in Bertas Auto, teilte sie ihr ihre neuesten Erkenntnisse mit.

»Deswegen ist die Tasche von Johanna verschwunden«, schlussfolgerte Berta. »Auf ihrem Handy sind vermutlich Beweise, dass er Carmen belästigt hat.«

»Aber selbst, wenn er von Johanna erpresst wurde - wie beweisen wir, dass er sie umgebracht hat ... wenn er es überhaupt getan hat?«

»Das ist eine gute Frage. Lass uns darüber nachdenken.«

Berta fuhr nach Hause. Nach dem Essen verkündete sie schließlich: »Wir müssen mit Willi zusammenarbeiten. Sicherlich wird es kein Problem werden, ihm die Belästigung nachzuweisen. Aber bei dem Mord wird es schwieriger. Lass uns gleich losfahren!«

14

Es war nicht leicht, Willi von ihrem Plan zu überzeugen. Letztendlich stimmte er gestresst zu und während er sich am nächsten Tag um alle Formalitäten kümmerte, versuchte Auguste, Carmen und Roswita zu überzeugen, Siegfried Müller zu überführen.

Nachdem beide die Tatsache, dass Auguste Privatdetektivin war, verdaut hatten, zeigten sie sich kooperativ.

»Und die Polizei steht wirklich dahinter?«, fragte Roswita besorgt.

»Ja. Der Hauptkommissar ist mein Schwiegersohn«, erzählte Auguste stolz.

»Und seid ihr die ganze Zeit da und helft mir, wenn es nötig ist?«, wollte Carmen wissen.

»Du musst dir keine Sorgen machen. Meine Schwester hat früher als Kommissarin gearbeitet. Sie kennt sich aus und wird die ganze Zeit bei dir sein.«

Auguste hatte das Gefühl, dass dieser Tag überhaupt nicht verging. Als sie endlich von Berta abgeholt wurde, fühlte sie sich erleichtert und nach dem Kochen schauten sie sich das nächste Video an:

»Wenn wir irgendwann überall auf der Welt die gleichen Lebensbedingungen geschaffen haben und jeder nur aus Interesse und nicht aus Zwang sein Heimatland verlässt, dann können wir alle Grenzen abschaffen. Davon träume ich.«

»Das war aber ein kurzes Video«, stellte Auguste fest.

»Aber eines der schönsten! Stell dir vor: Jedem Menschen auf der Erde geht es gut von der ersten bis zur letzten Sekunde seines Lebens. Wir freuen uns aufeinander, wenn wir uns gegenseitig besuchen und verschiedene Kulturen kennenlernen. Jeder respektiert jeden so, wie er ist.«

»Das ist aber noch ein weiter Weg.«

Am nächsten Morgen war es so weit. Berta und Auguste fuhren zum Pflegeheim. Auguste ging ihrer Arbeit nach. Berta wartete noch eine Stunde. Dann schlich sie sich hinein und wurde von Auguste und Roswita in der Medikamentenkammer versteckt. Dann rief Roswita Herrn Müller an und teilte ihm mit, dass er unbedingt kommen müsse, weil es seiner Mutter sehr schlecht gehe - was übrigens auch stimmte. Ein Arzt weilte inzwischen bei ihr.

Berta informierte daraufhin Willi, dass Herr Müller gleich sein Haus verlasse. Dann warteten sie, dass Herr Müller eintreffen würde. Carmen positionierte sich schon mal in der Medikamentenkammer.

Auguste schaute aus dem Fenster und entdeckte ihn als Erste. »Er kommt!«, informierte sie alle.

Gut gelaunt wie immer schlenderte Herr Müller zum Zimmer seiner Mutter, an der Medikamentenkammer vorbei. Carmen klapperte extra laut.

Schon hatte er sie entdeckt. Er schaute nach rechts und nach links und betrat den Raum und schloss ihn hinter sich ab. Das war nicht geplant.

»Wen haben wir denn hier? Da ist ja meine Süße. Komm her! Endlich sind wir mal unter uns.« Dann umarmte er sie gewaltsam.

Carmen versuchte, sich aus dem Klammergriff zu befreien. »Lassen Sie mich in Ruhe!«

Herr Müller fing an, sie leise zu bedrohen: »Entweder machst du jetzt mit oder ich sorge dafür, dass du und deine gesamte Familie das Land verlassen müsst. Hast du mich verstanden?« Dann fasste er zwischen ihre Beine.

Berta stürmte mit laufender Videofunktion ihres Handy aus dem Versteck und brüllte laut: »Lassen Sie sie los! Ich habe alles aufgenommen.« Dann rannte sie zur Tür und schloss sie auf. Darauf hatten Auguste und Roswita gewartet. Sie schoben Herrn Müller beiseite und nahmen Carmen in ihre Mitte. Der verdutzte Herr

Müller brüllte hysterisch: »Wer sind Sie überhaupt?« Gleichzeitig versuchte er, an das Handy zu kommen. Er rannte Berta hinterher, kam jedoch nicht weit, weil Auguste ihm ein Bein stellte. Mit einem lauten Knall fiel er auf den Boden.

Berta nahm keine Rücksicht. »Wir sind Privatdetektive. Johanna hat Sie mit ihrem Video erpresst, damit sie auf der Bühne über ihre Zukunftsvisionen reden konnte. Haben Sie sie deswegen umgebracht?«

»Ich sage kein Wort. Glauben Sie mir: Dafür werden Sie büßen. Ich habe weitreichende Beziehungen!«, antwortete er mit gepresster Stimme. Mit schmerzverzogenem Gesicht stand er wieder auf.

Bertas Handy klingelte. Willi war am Apparat. »Wir haben nichts in seinem Haus gefunden.«

Damit hatte Berta nicht gerechnet. Sie hatten keine Beweise.

Der Arzt verließ das Zimmer von Frau Müller. »Herr Müller, Ihre Mutter ist soeben verstorben.«

Auguste nahm das Handy von Berta und rief aufgeregt hinein: »Ihr müsst das Haus von der Mutter durchsuchen!«

Herr Müller wurde blass und ganz grau im Gesicht.

»Das dürfen Sie nicht!«, schrie er laut.

Die gesamte Belegschaft kam angerannt. Ungläubig starrte sie auf Herrn Müller und Berta.

»Johanna war eine Mutter, die ihr Kind über alles liebte. Sie wollte die Welt positiv verändern für alle Menschen auf dieser Welt, auch für Ihre Kinder, und Sie erschießen sie einfach so?«, brüllte Berta ihn wütend an.

»Für meine Kinder ist es das Beste, wenn sie einen arbeitenden Vater haben, der viel Geld mit nach Hause bringt. Verstehen Sie?«

»Genau das ist es. Jeder denkt an sich und so passiert nichts. Die Welt geht einfach so zugrunde und dann gibt es kein Leben mehr.«

»Sie reden schon genauso wie sie.«

»Mord ist keine Lösung. Sie hätten sie auch wegen Erpressung anzeigen können.«

»Dann wäre meine Karriere zu Ende gewesen.« Dann kreischte er: »Ich habe keinen anderen Ausweg gesehen!«

Mittlerweile war die Polizei angekommen und nahm ihn in Gewahrsam.

»Endlich ist diese Bestie weg. Jeden Einzelnen von uns hat er bedroht für den Fall, dass wir irgendetwas erzählen«, sagte Roswita erleichtert. Die anderen nickten zustimmend.

»Ich denke mal, nun werden ihm auch seine Beziehungen nichts mehr nützen«, meinte Berta.

Frida und Carolin standen auf einmal im Flur. »Ich möchte die Sachen meiner Mutter abholen«, sagte Frida. Sie sah, wie Herr Müller abgeführt wurde. »Ist er der Mörder?«

»Ja«, antwortete Berta.

Die Tochter atmete tief ein. »Was passiert nun mit all den Ideen meiner Mutter?«

Berta fühlte so mit ihr. »Wir werden es jedem weitererzählen.«

»Ja!«, rief Auguste begeistert. »Wir werden es unseren Familie erzählen und meiner Freundin

Gertrud. Die erzählt es ihrem Sohn. Und so geht es immer weiter, bis irgendwann alle Johannas Vision kennen. Bestimmt finden sich Menschen, die die Ideen umsetzen.«

»Ich werde die Videos auf allen Medien veröffentlichen - so, wie Johanna es wollte«, sagte Carolin tief bewegt.

»Das ist schön«, freute sich Frida mit Tränen in den Augen.

Berta hielt es kaum aus. Sie versuchte, das Thema zu wechseln: »Wie geht es bei Ihnen weiter?«

Frida wischte sich die Wange ab und antwortete gefasst: »Ich werde bis zum Abitur bei Carolin wohnen. Danach ziehe ich zu meiner Tante nach Greifswald und studiere dort Umweltwissenschaften. Vielleicht darf ich später einmal in einem großen Umweltzentrum arbeiten.«

»Wir wünschen Ihnen alles Gute«, sagte Auguste und umarmte sie.

»Gott sei Dank ist dir die Idee mit dem Haus der Mutter in den Sinn gekommen!«, bemerkte Berta später im Auto.

»Ich werde alle meine Pflegebedürftigen und Roswita vermissen«, entgegnete Auguste etwas traurig.

»Du hast doch mich, Paulchen, Ida, Willi und Gertrud. Ist das nicht schön?«, versuchte Berta, sie zu trösten.

»Der Esel nennt sich immer zuerst«, antwortete Auguste und konnte schon wieder lachen.

Sie holten Paulchen von der Schule ab und fuhren zu Ida. Sie hatten schon am Tag zuvor vereinbart, das Meerschweinchengehege von Paulchens Zimmer ins Wohnzimmer zu verlegen, weil Paulchen auf den Staub allergisch reagierte.

Dann standen sie vor den Meerschweinchen und Berta fragte: »Wie bekommen wir die kleinen Viecher in die Transportbox?« Sie stellte den offenen Behälter hinein und nahm anschließend mit den anderen die Häuschen heraus. Ein

Meerschweinchen nach dem anderen flüchtete in die Transportbox.

»Warum ist uns das nicht früher eingefallen?«, freuten sich alle.

Anschließend säuberten sie das Gehege, bauten es auseinander und im Wohnzimmer wieder zusammen. Als sie fertig waren und die süßen Fellknäuel wieder im Stall herumliefen, kam Willi gut gelaunt nach Hause.

Ida bereitete das Abendbrot zu und Willi erzählte, dass sie alles gefunden hatten im Haus von Frau Müller: den Laptop, die Tasche, das Handy und das Gewehr, mit dem Johanna erschossen worden war.

Und während sie später beim Essen saßen, fragte Paulchen auf einmal: »Darf ich einen Hund haben?«

Berta und Auguste sahen sofort die Plakate und Faltblätter in der Tierarztpraxis vor sich. Ida musste sich vorstellen, noch mehr Arbeit zu haben, und Willi sah seine Freizeit in Gefahr. Wie aus einem Mund riefen alle auf einmal: »NEIN!«

So einig waren sie sich schon lange nicht mehr gewesen.

Am Abend zu Hause schauten sich Berta und Auguste das letzte Video an.

»Natürlich bin ich mir darüber im Klarem, dass ich nicht allein die Welt retten kann. Aber wenn ich nur ein winzig kleines Sandkorn in Bewegung setzen kann, um damit eine Steinlawine auszulösen gegen Armut, Hunger, Gewalt und für eine abgewendete Klimakatastrophe, habe ich doch schon eine Menge erreicht.«

01| BERTA UND AUGUSTE
Die Tote in Goslar, € 9,99
ISBN 978-3-9820437-6-0

Willi arbeitet als Polizist in Goslar und verträgt
keinen Stress. Als sich eine Bankangestellte das
Leben genommen haben soll, stellt er keine
weiteren Untersuchungen an. Doch er hat die
Rechnung ohne seine Schwiegermutter und
deren Schwester gemacht. Denen kommt das
komisch vor und nichts machen die beiden neu-
gierigen Damen lieber, als die dunklen Geheim-
nisse anderer Menschen zu lüften.

02| BERTA UND AUGUSTE

Der Tote in Wernigerode, € 9,99

ISBN 978-3-9820437-8-4

Willi, Augustes Schwiegersohn, ist mit seiner Familie nach Wernigerode gezogen. Aus diesem Grund wird Paulchen, Augustes und Bertas Lieblingskind, dort eingeschult. Als Höhepunkt der Einschulungsfeier besucht die gesamte Familie das wunderschöne Wernigeröder Schloss. Dummerweise fällt, kurz nachdem sie das alte Gemäuer betreten haben, ein Mann vom Dach und ist tot. Gustav, Willis Bruder, kennt das Opfer: Es ist der Architekt, der sein neues Haus entworfen und die Bauaufsicht übernommen hatte. Doch dabei ging eine Menge schief und Gustav ist nicht der einzige unzufriedene Kunde.

Der Tote in Quedlinburg, € 9,99
ISBN 978-3-9820437-9-1

Es ist Adventszeit – die Zeit, in der Berta und
Auguste alle gesunden Ernährungsvorsätze über
Bord werfen und schlemmen, was das Zeug
hält. Als sie gerade einkaufen, treffen sie zufällig
Gertrud, eine Freundin von Auguste. Die erzählt
von Ludwig, einer alten Jugendliebe, die sie vor
ein paar Wochen wiedergetroffen hat. Seit dem
Wiedersehen haben sie jeden Tag telefoniert.
Doch seit einem Tag kann sie ihn nicht mehr
erreichen. Gertrud bittet die beiden, sie zu dem
Haus von Ludwig zu begleiten. Berta und Au-
guste erklären sich gern bereit, ihr zu helfen.
Die schlimmsten Vorahnungen werden wahr
und die Anzahl der Verdächtigen ist groß, denn
Ludwig war ein reicher Mann.

04| BERTA UND AUGUSTE
Die Tote in Braunlage, € 9,99
ISBN 978-3-9824177-0-7

Weihnachten hat seine Spuren hinterlassen: Berta und Auguste passen nicht mehr in ihre geliebten Faltenröcke, was besonders Berta ärgert, weil sie noch nie so viel zugenommen hat in ihrem Leben. Zum Glück erfahren sie aus der Zeitung, dass eine junge Frau in Braunlage getötet worden ist. Das hellt Bertas Stimmung auf. Doch die Aufklärung scheint nicht einfach zu werden, denn die junge Frau war nicht nur wunderschön, sondern bei vielen Menschen beliebt. Bewaffnet mit einem Schlitten und zusammen mit Paulchen, Augustes Enkelkind, machen sie sich auf den Weg zu dem höchstgelegenen Wintersportgebiet im Harz. Sie genießen den Winterwald, die frische Luft und machen sich auf die Suche nach dem Mörder.

05| BERTA UND AUGUSTE

Die Tote in Thale, € 9,99
ISBN 978-3-9824177-1-4

Viele Sachen passieren, wenn man sie am wenigsten erwartet, und so hätte Berta nie gedacht, dass sie während eines gemütlichen Frühstücks völlig überraschend mit ihrer eigenen Vergangenheit konfrontiert wird. Als wäre das nicht schlimm genug, gibt ihr altes Auto auch noch den Geist auf. Und wenn man erst mal in dieser Pechsträhne verweilt, folgen noch viele weitere kleine Katastrophen. Zum Glück gibt es eine Freundin, Handwerker und einen Mord. So macht das Leben trotzdem Spaß, vor allem mit ihrem Lieblingskind Paulchen. Gemeinsam genießen sie die wunderschöne Natur am Stadtrand von Thale.

Der Tote in Blankenburg, € 9,99
ISBN 978-3-9824177-2-1

Auguste plagt sich altersbedingt mit leichten Knieschmerzen herum. Berta überredet sie, ihre Ernährung umzustellen. Darauf hat Auguste überhaupt keine Lust. Sie möchte lieber ein Medikament kaufen, das ihr ihre beste Freundin Gertrud empfohlen hat und das man nur in einer Apotheke in Blankenburg kaufen kann. Doch der Weg dahin ist mörderisch …

07| BERTA UND AUGUSTE
Die Tote in Clausthal-Zellerfeld, € 9,99
ISBN 978-3-9820437-4-6

Der technische Fortschritt hat in Bertas und Augustes Leben Einzug gehalten: Sie haben sich moderne Smartphones gekauft. Nun bekommen sie regelmäßig Fotos und Informationen, die sie nicht immer brauchen und andere stören, weil sie sich so geräuschvoll ankündigen. Aber das interessiert die beiden Damen nicht. Schließlich hat Paulchen Geburtstag und den Mord an einer Professorin wollen sie auch noch aufklären.

Mutterliebe, € 9,99

ISBN 978-3-9824514-6-6

Mütter sind normalerweise die liebsten Menschen auf der Welt. Doch manchmal lügen sie oder verschweigen wichtige Dinge. Auguste verhielt sich da nicht anders, als Ida noch klein war. Für Berta ist die ganze Sache unwichtig. Sie möchte lieber wissen, warum ihre Tante Waltraud aus Bad Gandersheim sie dringend sprechen möchte und Berta und Auguste sogar noch mehrere Tage bei ihr bleiben sollen.